JN307915

Library

平凡社ライブラリー

Heibonsha Library

愛書狂

G.フローベールほか著
生田耕作編訳

平凡社

本著作は一九八〇年十二月、白水社より刊行されたものです。

目次

挿絵　O・ユザンヌ『巴里の猟書家』から

第一話　愛書狂

G・フローベール

それほど以前のことでもない。バルセロナのとある陽当りのわるい裏通りに、一人の男が住んでいた。顔色の蒼白い、どんより落ちくぼんだ目つきの、まるでホフマン(1)が夢の中から掘り出してきたような、風変わりな不気味な人物だった。

本屋のおやじ、ジャコモである。

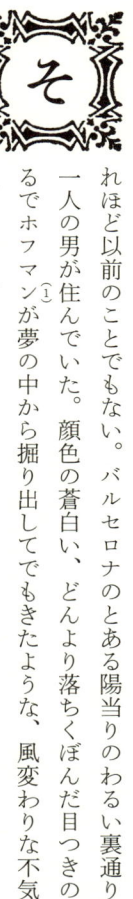

年は三十そこそこだが、すでに老いやつれた人間のように思われていた。背丈は高いほうだが、老人のように腰が曲り、ふさふさした頭髪は白髪に変わり、逞しく節くれだった手もひからび、皺だらけだった。身なりはみすぼらしく、よれよれ。物腰もぎごちなく不様《ぶざま》で、顔つきときては蒼白く、陰気で、醜く、およそさえない風体だった。奇書珍籍の競売《いち》が立つ日でなければ、めったに表に姿を現わすこともない。ところが、競売《いち》の日になると、もう彼はいつもの偏屈な無精者ではなかった。目をかがやかせ、そそくさと駆けずりまわり、地団太を踏み、喜びや、不安や、失望や、落胆をかくしきれなかった。息せききって家へ戻ると、その大切な本を手にとって、ためつすがめつするのだった、まるで守銭奴がその財宝を、父親がその愛娘《まなむすめ》を、王様がその王冠を慈しむみたいに。

古本屋と古物商以外、この男は誰とも口をきいたことがない。無口な、うわのそらの、陰気くさい男だった。ただひとつの考え、ただひとつの愛情、ただひとつの情熱しか持ち合わせていなかったのだ。要するに書物のこと以外頭になかった。そしてこの愛情、この情熱が身内で彼を焼きつくし、その寿命を擦りへらし、生活を蝕んでいたのである。

夜中、よく、近所の者は本屋の硝子窓越しに、灯がちらつくのを見かけた。その明りは近づいたり、遠のいたり、昇ったり下《くだ》ったりし、そのうちに消え去ることもあった。すると、近所の連中は表戸を叩く音を耳にする。ジャコモが風で吹き消された蠟燭《ろうそく》の火を貰いにきたのである。

そういう熱に浮かされた興奮の夜々を、彼は書物に埋れて過すのだった。陶酔の境地で、書庫の中をせわしく行き来し、蔵書のあいだを巡り歩く。やがて、髪を振り乱し、あやしく輝く目を見すえて立ちどまると、書棚に触れた手がわなわな

と震えだす。その手はじっとりと汗ばんでいる。

本を一冊手にとると、頁をくったり、紙面を撫でたり、金箔や、表紙や、活字や、インキや、綴じ目や、finis（大尾）という文字の意匠の具合などを調べたりする、それから、場所を変えて、高い棚に置いてみたりして、何時間も表題や外形に見とれるのだった。

つぎに、彼は手写本のほうへ歩み寄る。それはいうなれば彼の愛児なのだ。そのなかのひとつ、いちばん古びた、いちばん擦りへった、いちばん汚れたのを手にとって、惚れぼれと、楽しげに、その羊皮紙[2]を打ち眺め、その神聖にして尊ぶべき塵の匂いを嗅ぎ取る、すると彼の鼻孔は歓びと誇りに膨《ふくら》み、口もとには微笑が浮かぶのだった。

ああ！　この男は幸せだったのだ。その精神的効能も文学的価値も彼にはほとんど理解できぬ学問の宝庫のなかで、幸せだったのだ。これら夥しい書物のあいだに腰をおろし、金文字や擦り切れた頁や、色褪せた羊皮紙の上に眼をさまよわせていればそれで幸福だったのだ。ちょうど盲人が日光を慈しむように彼は学問を愛していたのだ。

いや！　彼が愛していたのは学問ではなくて、その体裁、外観だった。彼が書物を愛する理由は、それが書物であるから、つまりその匂いや、体裁や、表題を愛していたのだ。手写本についてはなにが気に入っていたかといえば、その読みにくい古い日付だの、奇異なゴシック字体(3)だの、装飾模様にかぶせた厚い金箔だの、埃だらけの頁だのだった。その埃のほのかな香気を、彼は心地よげに嗅ぐのだった。それにあの綺麗な finis という文字もそうだ。それは二人の「愛神《キューピッド》」に取り巻かれたり、リボンの上に印されたり、噴水の上に支えられたり、墓石に刻まれたり、或は籠の中に薔薇の花々や黄金色の果実や青い花束にかこまれて憩っていたりするのだ。

すっかりこの情熱のとりこになった彼は、ろくに食事もとらず、もはや夜も眠らず、夜となく昼となく自分の執念、すなわち書物のことばかり考えつめていた。王室文庫にぎっしり収められた貴重書、珍籍、美本のかずかずを想像し、自分も王侯の書庫に劣らぬ厖大な蒐集を備えつける日のくることを夢にみるのだった。見渡すかぎり書物ばかりの広々とした蒐集室に目を没するとき、どれほどのびのびと呼吸し、どれほど誇らしく頼もしい気分にひたれることか！　上を見ても、書物！　下を見ても、書物！　さらに右も、左も、書物！

バルセロナでは、彼は不気味な変人、学者か魔法使いのように思われていた。ほとんど文盲に近い男なのに。

誰ひとり彼に話しかける者はいなかった、それほど、顔つきはいかつく、蒼ざめ、くえない悪党面に思われた。かといって子供に手をかけ危害を加えたなどといった噂も聞かない。もっとも人に恵みを施したためしもないが。

自分の持ち金、財産、感情を、洗いざらい書物のために捧げつくしていた。かつては僧籍に身を置いたこともあるが、書物のために神を見棄てたのだ。その後、世人にとっては神に次いで大切なもの、すなわち金銭をそれに捧げ、さらに、金銭の次に大切なもの、すなわち、己れの魂までもそれに投げ与えたのである。

とりわけ、近頃は夜ふかしがさらに永びいていた。書物を照らすランプのあかりがさらに遅い時間まで眺められた、それは、彼が新しい宝物、手写本を手に入れた証拠である。

さて、或る朝のことである。彼の店へ一人の若い男がやってきた。サラマンカ大学の学生という触れ込みだが、裕福な男らしく、ジャコモの店の門口には供の者がふたり騾馬を引いて控えていた。男は赤ビロードの縁なし帽をかぶり、指には指輪がいくつも光っている。けれども、金モールの従者を従えた、衣裳だけは立派だが頭の中は空っぽの人間にあり勝ちな、あの思いあがった間の抜けた様子はなかった。それどころか、この男はなかなかの学者だった。金持ちの学者だったのだ。つまり、パリでなら、マホガニーの机で書きものをし、金縁の書籍や、刺繍した上靴や、東洋の骨董品や、部屋着や、金の置時計やらを備えつけ、絨毯《じゅうたん》の上には猫を眠らせ、さらに、女の二、三人も持っていようという手合いである。そういう女どもは、彼に自作の詩や文章を朗読させて、《気がきいてるわ》などと言いながら、じっさいには男のことを自惚れの強い馬鹿者程度にしか考えていない。

貴公子の物腰は慇懃《いんぎん》だった。入るなり書店主に会釈し、丁寧なお辞儀をしてから、愛想のよい調子できりだした。

「ご主人、手写本をお持ちとか?」

本屋はどぎまぎして口ごもりながら答えた。

「いったい、旦那、誰からお聞きになりましたので?」

「誰からというわけではありません。ただそんな気がしたまでです」

そういって、書店主の机の上に、金貨のつまった財布をおくと、誰しも自分の所持金に手を触れるときにするように、微笑しながらそれをジャラジャラいわせた。

「旦那」ジャコモは言葉をついだ。「いかにも手写本はございます。だが、売り物ではございませんので、手放すわけにはまいりません」

「どうしてです? どうなさるおつもりです?」

「どうしてかとおっしゃるんですか?」ジャコモは真っ赤になって怒りだした。「どうするつもりかって? いやはや! あなたは手写本というものが、どういうものかご存知ない!」

「お言葉ですが、ジャコモさん、僕はそれには精《くわ》しいつもりです、その証拠に申しましょう、『トルコ年代記』をお持ちでしょう!」

「私が! おやおや! 旦那はかつがれなさったんだ」

「どういたしまして、ジャコモさん。ご安心なさい、なにも掻払おうというんじゃない、買いとりたいんです」貴公子は答えた。

「とんでもない!」

「たのむ! 売ってくれたまえ。お宅にあることは間違いない。リッチアミが死んだ日に売りに出たはずだ」

「じゃ、よろしゅうございます、旦那、いかにもあれはこちらにございます。あれは私の宝物、命なんです。ああ！　あれを私からお取り上げにならないでください！　いいですか、ここだけの話ですがね。あのバティスト、そらバティストをご存知でしょう、王宮前広場に店を構えている、私の競争相手、商売仇の本屋ですよ。あの男のところにも、あれはありません。ここにだけあるんです！」

「いくら出せばいいんです？」

ジャコモはながいこと口をつぐんでいたが、やがて傲然と言い放った。

「二百ピストルですよ。旦那」

勝ち誇った顔つきで若者を見つめた。《お帰んなさい、手がでないでしょう。でもそれ以下ではお譲りいたしませんよ》と言わんばかりに。

当てはずれだった。若者は財布を突きつけ、

「三百ピストルある」と言ってのけたのだ。

ジャコモは顔色を失い、あやうく卒倒しかけた。

「三百ピストル？」おうむ返しに言うと、「いや、旦那、私はどうかしてますよ、四百ピストルだって、お売りするわけにはいきません」

学生は、笑いだし、ポケットを探り、別な財布を二つ取り出した。

「そんなら、ジャコモ君、五百ピストル出そう。ああ！　これでも売りたくないというのかい、ジャコモ君？　だが、僕は手に入れてみせるぞ、本日この場で、手に入れてみせる。どうしても必要なのだ。たとえ、恋の接吻の形見に貰ったこの指輪を売り払おうとも、ダイヤで飾られた剣や、家屋敷を売り払おうとも、魂を売り渡そうとも。あの本が必要なのだ。そうだ、なんとしてでも、幾ら出そうと、手に入れねばならないんだ。一週間後にサラマンカ大学へ論文を提出するのだ。博士になるためにはあの本が必要だし、大司教になるためには博士でなくちゃならないし、法王になるためには枢機卿の緋衣を肩にはおらなくちゃならないのだ」

ジャコモは顔を近寄せ、はじめて同好の士に出合いでもしたように、感嘆と尊敬の念をこめて、つくづく相手を見まもった。

「ジャコモ君、聴きたまえ」貴公子は言葉をはさんだ。「耳よりな話を教えてあげよう。すばらしい掘り出しものがあるんだ。この街の人間で、アラビア門のあたりに住んでいる男だが、そこに、『聖ミカエルの秘蹟』があるんだ」

「『聖ミカエルの秘蹟』だって？」ジャコモは歓声を発して言った。「ああ！　有難い、旦那は命の恩人です」

「はやく！　『トルコ年代記』をよこしたまえ」

ジャコモは書棚の方へ走りよった。がそこで、はたと立ちどまると、わざと顔色を変え、さも驚いたような様子で言いだした。

「あっ、旦那、ありませんよ」

「なにを言っているのだ！　ジャコモ君、へたな芝居はよさないか、きみの目が言葉を裏切っているよ」

「いや！　旦那、本当ですよ、ないんです」

「まったく仕様のない奴だな。そら、六百ピストルだ！」

ジャニモは手写本を取り出して、青年に渡した。

「大事にしてくださいよ」と言ったが、その言葉を聞きずてに、青年は笑いながら店を出た。騾馬の背にまたがりながら、供の者にむかって彼はこう言うのだった。

「おまえたちのご主人はこのとおり左巻きだが、その左巻きにまんまと一杯くわされる頓馬野郎もいるものさ。陰気くさい、間抜け坊主め！」笑いながら付け加えるには、「俺が法王になると本気で信じてやがるのさ！」

ジャコモのほうは、哀れにも打ち萎《しお》れ、熱した額を店の窓硝子に押し当て、悔《くや》し泣きに泣きながら、彼の秘蔵と愛着の対象だった手写本が、貴公子の心なき従者どもに持ち去られるのを身を切るような思いで見送っていた。

「ああ！　呪われろ！　罰当りめ！　呪われるがいい！　思いきり呪われるがいい！　この世で俺にいちばん大切なものをかっさらっちまいやがった！　悪党め！　一杯くわしやがったんだ、そんならそれで、よし！　この埋合わせはきっとしてみせるからな！　すぐにアラビア門へ駆けつけよう。もしもこちらの手におえぬ金額を吹っかけられたら？　そのときはどうしよう？　ああ！　こうしちゃおれん！」

学生が机の上に置いていった金をひっつかむと、表へ駆けだした。

街を行くあいだ、周囲のことはなにひとつ目に入らず、すべては彼の眼前をわけのわからぬ幻のように通りすぎ、通行人の足音も舗道を行く車輪の響も耳に入らなかった。彼の頭を占め、目の前にちらつくのはただひとつ、書物のことだけだった。『聖ミカエルの秘蹟』のことを考え、自分の想像で勝手につくりあげてみるのだった。羊皮紙の、金文字で飾られた薄い大型本。その頁数を当ててみようとした。胸は死刑の判決を待つ人間のように激しく動悸した。

やっと着いた。

学生はかついだわけではなかった！　穴だらけの古ぼけたペルシャ絨毯《じゅうたん》の上に十冊ばかりの本が寝かせてあった。ジャコモは、本同様横になってそばで眠り込み、日向で鼾《いびき》をかいている男には声もかけず、跪いて、そわそわした気がかりな目つきで書物の背を片っぱしから調べはじめた、やがて、蒼ざめたがっかりした顔つきで立ちあがると、大声で古本屋を揺り起し、尋ねてみた。

「ねえ、きみ、『聖ミカエルの秘蹟』というのはないかね？」

「なんですって？」商人は目をあけて言った。「そこらにある本のことじゃないですか！　ご覧になってくださいよ！」

「馬鹿野郎！」ジャコモは足を踏み鳴らして言った。「これ以外に本はないのか？」

「ありますよ、ほら、これです」

そういって紐でくくった仮綴本の小さな束を差し出した。ジャコモはばらして、すばやく書名を読みとった。

「チエッ！　これじゃない。まさか売っちまったんじゃないだろうな？　たのむ！　持っているなら、譲ってくれ、譲ってくれ。百ピストルでも、二百ピストルでも、きみの望み次第だ」

古本屋は呆気にとられて見つめていた。

「ああ！　旦那がおっしゃってる本というのは、もしかすると、昨日オヴィエドの本堂の坊さんに八マラヴェディス（スペインの小銭）で売った本のことじゃねえですか？」

「その本の名を覚えているかね？」

「いいや」

「『聖ミカエルの秘蹟』と言うんじゃなかったか？」

「そう、それにまちがいありません」

ジャコモはその場を二、三歩離れたかとおもうと、幽霊にでも取り憑かれて疲れきった人間のように、地べたにぶっ倒れてしまった。

我に返ったときは、夕闇がおとずれ、太陽は地平線に赤々と燃えて沈みつつあった。起き上がると彼は、意気消沈して病人のように力なく家へもどった。

一週間たっても、ジャコモはあの惨めな失望が忘れられなかった。傷手はまだ生々しく疼《うず》いていた。ここ三晩というもの彼は一睡もしなかった。というのは、その日、国内にたった一部しかないという、スペインで最初に印刷された本が競売に出されることになっていたからである。長いあいだ彼はそれを手に入れたいと願っていた。で、その持主が死んだことを知らされた日には、小躍りして喜んだものだ。

しかし、ひとつの不安が心にかかっていた。バティストに買われはしないかという心配だ。バティストの奴に、近頃は得意客はともかく――そんなものは彼にはどうでもよかった！――奇書珍籍と思えるものを片っぱしから横取りされてしまっていたために、芸術家のような嫉妬心で、バティストの評判を憎んでいたのである。この男が彼には邪魔者になりだしていた、手写本類を横取りしてしまうのは、いつもこいつだった。競売場で、上値をつけ、手に入れてしまうのだ。ああ！　何度、この哀れな僧侶くずれは、野望と自信の夢の途中で、何度、バティストの長い手が、競売日そのままに、人群れをかき分け、自分のところまでぬーっと延びてきて、あれほど長いあいだ夢に見、あれほど恋々といちずに欲しがってきた宝物を取り上げてしまうのを見たことか！　しかし、そうした気持を心の中で抑えつけ、この男にたいする憎しみをせいぜい忘れ去ることにつとめ、書物に気をまぎらせるのだった。

その日は朝早くから、競売の行われる家の前に彼は張りこんだ。係員も、客も来ぬうちに、陽も昇らぬうちに出かけて行ったのだ。

戸口が開くとさっそく、階段へ駈け込み、広間へ登り、その本をたずねた。見せて貰った。それだけで幸せだった。

ああ！　まだこれほど立派な、これ以上気に入った本にお目にかかったことはなかった。それはギリシア語の註釈がついた、ラテン語の聖書だった。彼はつくづく眺め、他のいかなる書物にもまして惚れ込み、まるで餓死を目前にひかえて金貨に見惚れる人間のように、悲痛な笑いをもらしながら、それを手に握り締めるのだった。

しかも、これほど欲しいと思ったことも、はじめてだった。ああ！　どれほど手に入れたかったことか、自分の持ち物全部を投げ出してでも、書籍も、手写本も、六百ピストルも、自分の血とひきかえにでも、ああ！　どんなにその本を手に入れたいと願ったことか！　なにもかも売りとばそう、この本を手に入れるためなら。これひとつになろうとも、とにかく自分のものにするのだ、王様や、貴族や、学者や、バティストにむかって、嘲笑と憫笑を浴びせかけ、スペイン中にこれを見せびらかし、《この本は俺のものだ、俺のものだ》と言いふらし、そして、一生、両手でしっかり握りしめ、いま現にこの手で触れているように、これを撫で廻し、いまその匂いを嗅いでいるように匂いを嗅ぎ、いま目の前に眺めているように、これを俺のものにすることができたら！

やっと時刻がきた。バティストは、落ち着きはらった表情、泰然自若たる物腰で真ん中に陣取っていた。例の書物の番がきた。ジャコモは、まず二十ピストルの値をいれた。バティストは押し黙ったまま、聖書に目もくれなかった。すでに僧侶くずれが手を差しのべて、あんがい手間も気苦労もかけなかったその本を受け取ろうとした、その瞬間である、バティストが「四十ピストル」と口を切ったのだ。値がせり上がるにつれて熱中しだす対手を、ジャコモは忌々《いまいま》しげに見やった。

「五十」と彼は精一杯の声でどなった。

「六十」バティストが応じる。

「百」

「四百」

「五百」僧侶くずれはしぶしぶつけたした。
　彼がもどかしさと腹立たしさで地団太を踏んでいるいっぽう、バティストのほうは皮肉な意地のわるい落ち着きを装っていた。すでに競売《ふり》人が甲高いしゃがれ声で三度「五百」と繰りかえしたので、ジャコモはもう幸運にありつけたものと思った。一人の男の口から洩れた言葉を聞きつけたとき、彼はあやうく失神するところだった。というのは、王宮前広場の本屋が人をかきわけ「六百」と言ったのだ。競売《ふり》人の声が四度「六百」と繰りかえしたが、応ずる声はなかった。ただ、テーブルの一隅に、顔色蒼ざめ、手をわなわな震わせた一人の男、あのダンテが描いた地獄堕ちの

亡者のような、悲痛な笑いをもらす一人の男の姿が見られただけだった。その男は、手を懐に入れ、首垂《うなだ》れていた。取り出したとき、その手はなまぬるく湿っていた、爪の先に肉と血をくっつけていたのだ。

バティストのところまで届かせるために本は手から手へ渡された。本がジャコモの前を通った。彼はその匂いを嗅ぎ、それが一瞬眼前を走り過ぎ、やがて一人の男のところでたちどまり、その男がそれを受取り、笑顔とともに開くのを見た。僧侶くずれは首垂《うなだ》れ、顔を隠した。泣いていたのだ。

街を通って帰る途々、彼の足どりはのろく苦しげだった。顔つきは異様にぼやけ、恰好は変てこで滑稽だった。酔払いのように、足もとがふらつき、目は半ばとじ、瞼は赤くほてり。額から汗をたらし、まるで飲みすごした人間、酒宴ではめをはずしすぎた人間のように、口のなかでぶつくさつぶやいていた。

思いは乱れ、身体同様、目的も意思もなく、さまよい、よろめき、まどい、うっとうしく、狂っていた。頭は鉛のように重く、額は炭火のようにほてっていた。

そうだ、彼は精神的打撃に酔っていたのだ。自分の生に疲れ、生きながらえることに飽きあきしていたのだ。

その日は――日曜日だったので――お喋《しゃべ》りしたり、歌を口ずさんだりしながら、人々が街をぶらついていた。哀れな僧侶くずれは、そのお喋りや歌声に耳を傾けた。途々、きれぎれな文句や、言葉や、叫びなどが耳に入った、がそれらはどれもみな同じ響き、同じ声に思われ、漠然とまざりあった騒音、奇怪な騒々しい音楽が頭の中に鳴りひびいて、悩ますだけだった。

「ねえ、きみ」一人の男がはたの男に言っていた。「聞いたかい、オヴィエド寺院の坊さんがお気の毒に寝床の中で絞め殺されていたというじゃないか？」

こちらではまた、女たちがかたまって、戸口で夕涼みをしていた。その前を通りしなにジャコモはこんなことを耳にした。

「ほらね、マルタ、サラマンカからきた、ドン・ベルナルドという、お金持ちの坊ちゃんがいたの、おぼえてるでしょう？　二、三日前、とてもきれいな立派に飾り立てた黒い騾馬に乗って、この前の道を通りかかったでしょう。ところが、今朝教会で聞いたんだけど、まだお若いのにさ、お気の毒に亡くなったんだって」

「亡くなったの！」若い女が言った。

「そうなの」とさきの女が答え、「この街で、サン・ペドロの宿で亡くなったの。はじめ頭痛がして、とうとう熱を出し、四日目には野辺送りですとさ」

ほかにもまだジャコモは耳にした。それら一切の記憶は彼を身慄いさせ、残忍な微笑が口もとに浮かぶのだった。

僧侶くずれはへとへとに疲れ病人のようになって帰宅した。机の腰掛にそのまま横になると、眠り込んだ。胸をおさえつけられ、うつろな嗄がれ声が咽喉をもれた。熱にうなされ、彼は目が醒めた。恐ろしい悪夢に精も根もつきはてていた。

そのときはもう夜で、今しがた近所の教会の鐘が十一時を打ったところだった。ジャコモは、「火事だ！　火事だ！」という叫び声を聞きつけた。窓をあけ、往来に出てみると、なるほど、屋並みのむこうに焔が燃え上がっている。家に引きあげ、ランプを手に取って書庫へ行こうとしたとき、窓の前を人々が通り過ぎながら、「王宮前広場だ、火事は本屋のバティストの店だ」と言っているのが聞こえた。

僧侶くずれは身ぶるいした、哄笑が胸の底からわきあがった。で群集にまじって彼は本屋へとむかった。

家は火につつまれていた。火焔が高く凄じく立ちのぼり、風にあおられて、スペイン特有の美しい、すみきった空に舞い上がっていた。その空は、あたかも涙をつつむヴェールのように、騒擾《そうじょう》の巷と化したバルセロナの上を覆うていた。

見ると、半裸の男が、身も世もあらぬさまで、髪の毛をかきむしり、神を呪い、怒りと絶望の叫びをあげながら、地面をのた打ち廻っている。バティストだった。

バティストが悲嘆にくれて泣き喚くさまを、僧侶くずれはまるで子供が羽根を挘《むし》りとった蝶の苦悶をあざ笑うような、残忍な笑みを浮かべながら、平然と小気味よげに見まもるのだった。

上階《うえ》の一室で、火焔が紙束を燃やしているのが見えた。

ジャコモは、梯子を取り出すと、焼け焦げたぐらぐらする壁にかけた。梯子は足の下で揺れた。彼は駆け上がって、その窓際まで達した。なんてことだ！　それは値打も取柄もない古本の束にすぎなかった。どうする？　すでに飛び込んでしまっていた。この火焔のさなかを突き進むか、それともそろそろ木が熱くなりだした梯子をつたって下へ降りるかせねばならなかった。降りるものか！　彼は突き進んだ。広間をいくつか通り抜けた。床が足もとでぐらつき、近寄ると扉が崩れ落ち、梁が頭上にぶら下がった。息をきらせ、猛り狂って、彼は火焔の真只中を駆けた。

あの本が必要だった！　あれを手に入れるか、さもなくば、死あるのみだ！

どちらへむかうべきかもわからずに、ただ駈けた。

やっと、まだ無事な仕切壁の前にきた、それを蹴破ると、暗い細長い部屋が目にはいった。手探りすると、何冊かの本が指にふれた、手ざわりでそのなかの一冊を取り上げて、部屋の外へ持ち出した。それがあれだった！　あの本、『聖ミカエルの秘蹟』だった！　彼はさながら発狂した人間のように、踵をかえすと、穴ぼこを飛び越え、火焔の中を駈けぬけた。が壁に立てかけておいた梯子がぜんぜん見当らなかった。ひとつの窓のところまで来ると、手と膝とで壁の凹凸に縋りつきながら、外へ降りた。着物が燃え出したので、通りへたどりつくと、溝の中に転がって、からだの火を消した。

それから数ヵ月たった。もう本屋のジャニモについては、世間にままある変人のひとりという以外になんの噂にものぼらなかった。一般の人間はこういう連中を街なかで見かけると、彼らの情熱なり奇癖なりがさっぱり理解できないために嘲笑うのだ。

スペインでは、それよりももっと重大で深刻な問題に人々の心は奪われていた。なにかの悪霊にたたられでもしたように、連日、新たな殺人、新たな犯行が勃発した、そしてそれらはみなひとつの目に見えぬ隠れた手によって惹き起こされるように思われた。まるでどの屋根の上、どの家庭の上にも短剣がぶら下がっているような感じだった。傷口から流れる血の痕を少しも残さずに突然姿を消す者もいれば、或る男は旅に出たきり戻ってこなかった。この恐ろしい災厄を何者になすりつければいいかわからなかった。とかく不幸は誰か他人のせいにし、幸運はおのれのせいにしたがるものであるが。

事実、この世には、何者を呪うべきかわからぬままに、天にむかって訴えるほかないといった、極めて不吉な日々、いたましい時期があるものである。人々が宿命というものを信じだすのも、こういう不幸な時期に遭遇してのことだ。

むろん、警察は躍起になって、それらかずかずの兇行の張本人を発見しようとつとめていた。傭いの密偵が、あらゆる家々に忍び込み、あらゆる言葉に耳を傾け、あらゆる叫びを聞きつけ、あらゆる目つきに注意をはらったが、なんの手がかりも得られなかった。

検察当局は手紙を一通のこらず開封し、封印をひとつあまさず破り、あらゆる隅々まで探索したが、なにひとつ見つけ出すことはできなかった。

ところが一夜あけると、バルセロナの人々が喪服をかなぐり棄て、裁判所の大広間へ雪崩のようにつめかける日がやってきた。そこでは、これらかずかずの恐るべき殺害の犯人と目される男が死刑に処せられようとしていた。人々はひきつった笑いで涙を押し隠すのだった。

自分が苦しみ嘆いているときに、他人の苦しみと涙を目にすることは、得手勝手と言えば言えようが、けっきょく、ひとつの慰めであることに変わりないからだ。

日頃あれほどおとなしいジャコモが、気の毒に、バティストの店を焼き、その『聖書』を盗んだかどで、告発されたのだ。ほかにもまだいろいろ罪名を被せられていた。

要するに、この男が、人もあろうに律義な愛書家が、殺人犯や強盗とおなじ席に坐らせられたのだ。自分の書物のことしか頭にないジャコモが、気の毒に、殺人と絞首台の迷宮入り事件に巻き込まれてしまったのだ。

廷内は傍聴人で溢れていた。やがて、検事が立ち上がって、告訴状を読みあげた。それは冗長散漫で、訴訟の本旨と、枝葉事項と、推定事項とをほとんど区別しかねる態のものだった。検事の言い分はこうであった、「ジャコモの家でバティストのものである聖書が発見された。けだし、それはスペインに一冊しかないものである。つまり、この貴重な珍本を奪わんがために、おそらくジャコモはバティストの店に放火したものと思われる」喋《しゃべ》りおわると、検事は息を切らして席についた。

僧侶くずれのほうは、泰然と落ち着き払って、自分を罵る聴衆に目もくれなかった。

彼の弁護士が起立して、巧みに長広舌をふるった。最後に彼は、傍聴人の心をゆさぶった頃合いを見はからい、法服をまくりあげると、一冊の本を取り出し、ひろげて、一同の前に披露した。それは例の『聖書』の別本であった。

　ジャコモは、あっと一声叫ぶと、腰掛の上にくずおれ、髪の毛を引っ掻きむしった。まさに緊張の一瞬であった。人々は被告の発言を待ちうけた、が、その口からは一声も漏れなかった。やっと、彼は坐り直すと、まるで眠りから醒めた男のように、裁判官や弁護士を見廻した。

　バティストの店に火をつけた犯行を認めるかと訊《き》かれた。

「あいにく、おぼえがございません」それが答えだった。

「おぼえがないというのか？」

「でも死刑にはしていただけますね？　お願いです！　死刑になさってください、お願いです！　生きていくのがわずらわしくなりました。弁護人の言葉はでたらめです、信用なさらないでください。お願いです！　死刑になさってください、私は悪党です」

　弁護人は彼の方に歩み寄ると、例の聖書を見せつけて言った。

「きみを救うこともできるんだよ。よくご覧！」

　ジャコモは、本を手に取って、まじまじと見つめた。

「なんてこった！　スペインに一冊きりだと思っていたのに！　後生です！　おっしゃってください。これは贋物《にせもの》だとおっしゃってください。あんたはひどいお人だ！」

そう言うと気を失ってしまった。

裁判官たちは席に復すると、死刑の判決を言い渡した。

ジャコモはたじろぎもせずそれを聞き、前よりもいちだんと落ち着きを加えさえしたように見えた。法王に特赦を願いでれば、おそらく聴き届けられるだろうと、希望をもたせる者もいたが、ジャコモはそれを願わなかった。ただ自分の蔵書がスペイン随一の蔵書家に譲られることを希望しただけであった。

やがて、聴衆も解散しおわると、弁護士にむかって彼は例の本を貸してくれるよう頼むのだった。弁護士はそれを手渡した。

ジャコモはいとおしげに手に取り、頁の上にはらはらと涙をこぼしたかと思うと、憤然と、それを破き裂いてしまった。そして、その紙ぎれを弁護士の顔に叩きつけ、こう叫ぶのだった。

「弁護士さん、あんたは嘘つきだ！　ほら私が言ったとおりだ、あの本はスペインに一冊しかないんだ！」

第二話　稀覯本余話

A・デュマ

私が隣合わせたその人は、灰色《グレー》のズボンに、鹿革のチョッキ、黒ネクタイという扮装《いでたち》の四十がらみの紳士だった。彼は読書を中断して慇懃に詫びながら私の座席に置いてあった帽子を取り退けると、手に持った小型本に目を落とし、再び熱心に読み耽りだした。それが何であれ、一つのことに情熱的に打ち込んでいる人を見ると、私はいつも敬服してしまう。情熱的を情念的と混同されぬように。一八二三年当時、後のほうの副詞は創案されていなかったはずだし、仮にされていたとしても、フーリエ[1]による普及はまだ先のことだったのだから。

それはともかく、人いちばい文学への好奇心の強かった私のことであるから、隣席の人にこれほどの興味をかきたてるというのは一体どんな書物なのか、突きとめてみたくなったとしても驚くには当らないだろう。おまけに、ご当人は読書に夢中のあまり、他人に見られていることなど一向に気づいていない様子だ。

幕開きまでには四半時以上あり、慌てる必要はなかった。

私はまずその本の表題を読もうとした、が表には丁寧にカバーがかけてあり、背の題名を読み取ることは不可能だった。

私はちょっと腰を浮かした。これで本を読んでいる人を見下ろす姿勢になった。すると、幸運にも良い目を授かったおかげで、版画の口絵とむかい合った頁に、次のような変わった表題を読み取ることができた。

佛蘭西風菓子製法

誰でもつくれる
各種ケーキ製法
付録　玉子料理さまざま
精進日向き，その他

6C余品

アムステルダム

ルイ＆ダニエル・エルゼヴィル書店
1555年刊

「そうか！」と私は独り言《ご》ちた。「わかったぞ！　この上品な紳士はきっと飛びきりの美食家――もしかすると、カンバセレス(2)やエグルファーユ(3)の弟子といわれるグリモ・ド・ラ・レイニエール氏[4]かも知れない。いや、まてよ、この人には両手があるな、グリモ・ド・ラ・レイニエール氏は両手ともつけ根しか残っていなかったんだ」

この時、その上品な紳士は本を持った両手を膝の上に降ろした。そして、視線を中空に向け、何か深い物想いに沈んでいるように見えた。

先にも述べたが、彼は年のころ四十前後、まことに柔和な、思いやりに満ちた容貌の持ち主だった。黒い髪、灰青色の瞳、鼻は心もち平らで左に傾いており、上品な、皮肉っぽい、理智的なその口もとは、まさに語り上手な人の口もとだった。私のほうは田舎から出てきたばかりの、右も左もわからぬ若者であったが、ローモン[5]氏の初等教本で言うところの、自己啓発の意欲に燃えていたので、この人物と言葉を交えたい気持を抑えられなかった。

彼の柔和な顔が私を勇気づけてくれた。そこで彼が読書を中断した瞬間をとらえて私は彼に話しかけたのである。「恐れ入ります」と私は切り出した。「無遠慮な質問で恐縮なのですが、そんなに玉子がお好きなのですか？」

隣席の男は頭《かぶり》を横に振ると、未だ夢想から覚めやらぬきょとんとした面持ちで私の方を見た。「失礼」彼は非常にはっきりしたブルゴーニュ訛りで言った。「もう一度おっしゃっていただけませんか――」

私は同じ言葉を繰りかえした。

「それはまた何故ですかな？」相手は尋ねた。

「貴方がじつに熱心に読んでおられたその小さな本ですが——失礼をお許しください、ただふと表題に目が行ってしまったものですから——それには、六十種類以上の玉子料理の方法が載っているのではないでしょうか？」

「確かに、その通りです」

「実はこの本が私の叔父に役立ったのではなかろうかと思ったものですから。叔父は牧師のくせに、大食らいで、狩猟《せっしょう》が大好きときているのですが、ある時、同僚のひとりと、晩飯に玉子を百個食ってみせると賭をしたのです。玉子を料理するのに彼は十八通りか二十通りのやり方しか見つけることができませんでした——たしか、二十通りでした。五個ずつ平らげたはずですから。おわかりいただけたと思います、もし彼が六十通りの玉子料理法を心得ていたとしたら、百はおろか、二百だって食えたでしょう」

その時の彼の顔に浮かんだ表情から察すると、おそらくこんなふうな問いを彼は自分に投げかけていたのにちがいない。「よりにもよって、どうしようもない馬鹿な男の横に坐り合わせてしまったのだろうか？」

「それで?」と彼は尋ね返した。

「はい、もしも叔父のためにこれと同じ本を手に入れてやれば、きっと喜んでくれると思うのです」

「きみ」と隣席の人は言った。「甥としてのその考えはじつに殊勝なことだが、さてきみにこの本を手に入れることができるだろうかね」

「それはまた何故です?」

「非常に珍しいものだからだよ」

「非常に珍しい、この小っぽけな古本がですか?」

「エルゼヴィル版というのを知っていなさるかね?」

「知りません」

「エルゼヴィル版を知らない?」と驚きにたえんばかりに、彼は声を張り上げた。

「ええ、知らないのです。でも、これしきのことで呆れられては弱ります。パリに出てきてからは――それもまだ一週間にもならないのに――ほとんど何も知らないことずくめなのに気がつきました。ですから教えてください。お願いします。家庭教師をたのめるほど僕は裕福じゃありません。学校へ戻るにはとうが立ちすぎていますし、だから僕はド・ヴォルテール[6]氏にも勝る才智の持ち主といわれる人を師とすることに決めたのです、その人は万人という名で呼ばれています」

「ふーん！」隣席の人は私にいささか興味をおぼえた様子だった。「きみは間違ってはいないですよ、もしその先生の教えを役立ててゆけば、偉大な学者になることはもちろん、偉大な哲学者にだってなることができるでしょう。さてそこで、エルゼヴィル版とは何かだが……それはとりもなおさずきみの目の前にあるこの小型本のことだよ。一般的にはアムステルダムの書籍商ルイ・エルゼヴィル、およびその後継者たちによって刊行された書物をすべてひっくるめてそう言っています。ところで、きみはビブリオマニア（愛書狂）というのを知っていますかね？」

「ギリシア語は解りません」

「自ら知らざることを知る。ものを学び始めるには何よりもその心掛けが大切ですよ。愛書狂とは（語源的には、ビブリヨン、つまり書物と、熱狂《マニア》との合成語で）、人類、すなわち両足動物、つまり人間の一変種です」

「わかりました」

「二本足の、羽のない、この生物は、普通はセーヌの河岸や並木通りを彷徨し、古書店の陳列棚があれば必ず立ち止まり、そこにあるすべての本に手を触れる。たいてい長すぎる外套に短かすぎるズボンといういでたちで、きまって踵のちびた靴をはき、頭には脂じみた帽子、そしてコートの下、ズボンの上には紐でゆわえつけたチョッキを着込んでいる。彼を見分ける目印の一つとして、めったに手を洗わないということも挙げられる」

「ご説明を伺うと、随分と愛嬌のない動物のようですね？　全部が全部ではなくて、なかには例外もあるでしょう」

「そう、でも例外はごく稀です。ところで、この動物が古本屋の店先で特に探し求めているもの――知っての通り動物とい

うものは必ず何かを探しているものだから、――いいですね、それがエルゼヴィル版です」

「なかなか見つからないものなのですか？」

「そう、日に日にむずかしくなっていくね」

「ところで、エルゼヴィル版はどこで見分けがつくのですか？……いや、僕にその知識を与えたところでなんのご心配もいりませんよ。金輪際、僕が愛書狂になるなんてことは考えられませんし、この質問も単なる好奇心からの質問なのですから」

「どうして見分けがつくかというのですね？　お教えしよう。まず第一にですな、エルゼヴィルの名が印された最初の本は、*Eutropi historiae romanae lib. X, Lugduni Batavorum, apud Ludovicum Elzevierum* と題された一冊で、一五九二年発行、あそび紙二葉、本文一六九頁の八つ折本です。社紋として題扉に描かれている絵は――ここのところをよく覚えておかれるがいい、この学問の鍵だから――その社紋として題扉に描かれている絵は、片手に書物、もう一方の手には大鎌を握った天使の姿です」

「なるほど！　わかりました。一五九二年、八つ折本、あそび紙二葉、本文一六九頁、そして片手に書物、もう一方の手に大鎌を持った天使」

「お見事！　お見事！……さて次に、イザク・エルゼヴィル――ルイ・エルゼヴィルの息子だという者もいれば、甥だという者もいる。私自身は息子だとする意見だが。ベラール[7]は甥だと主張しているし、テシュネル[8]も彼と同意見だが、私は自分のほうが正しいと信じている。イザク・エルゼヴィルは、この印刷所紋章を、実のなった葡萄蔓が巻きついた楡の木に Non solus という題銘を配した図と取り代えてしまったのだ。わかりますね?」

「ラテン語なら、なんとか」

「さて、その後を承け継いだダニエル・エルゼヴィルは、紋章にミネルヴァと橄欖樹を採用し、こういう題銘を添えた。Ne extra oleas. これもわかりますかな?」

「よくわかります。イザクは実のなった葡萄蔓。ダニエルはミネルヴァと橄欖樹」

「よろしい、よろしい。しかしだ、こういったはっきりそれと知れる版と同時に、匿名や変名の版がかずかず出版されていて、ここで駆出しの愛書狂は途方に暮れてしまうのだ、やれやれ!」

「僕のアリアドネになっていただけませんか?」

「よろしい。これらの版は、通常、地球儀の図でそれとわかるのだ」

「すると、それが目印しですね」

「そのとおり、だが、いまにきみにもわかってくる！　彼らエルゼヴィル一族というのは、なんとも気まぐれな連中揃いなのだよ。そんなわけでたとえば、一六二九年以後の彼らの版には、前書きか献辞、あるいは本文の冒頭に、野牛の面を内側に描いた花形装飾が現われたのだ」

「それじゃ、この野牛の面のおかげで、なんとか――」

「おっと、早合点は禁物だよ……それが続くのは五年間なのだ。一六三四年版『サルスティウス著作集』からは、ひょっとするとそれ以前からも、他の紋章、すなわち人魚に似た紋章が用いられているのだ。しかも、この版では……」

「一六三四年版『サルスティウス著作集』ですか？」

「そうだ！　その二百十六頁には、初めて、メデューサの顔を表わした章末飾りカットが採り入れられている」

「では、その原則が確立された以上、そして一六三四年版『サルスティウス著作集』の二百十六頁にはメデューサの顔があるということを心得てさえいれば……」

「ところが、ところが！　もしもこれが絶対的な規則として与えられたのなら素敵だろうがね。しかし、ダニエルはこれらの紋章にも忠誠を守らなかった。つまり、一六六一年版『テレンティウス作品集』では、野牛の面と人魚の代わりに、それ以後の彼の版によく現われることになる、立葵の花輪が使われているのだ。しかも、それすら一六六四年版『ペルシウス詩集』ではもう使われていない」

「なんですって、まさか！　それで一六六四年版『ペルシウス詩集』には何を用いたのですか？」

「ダニエルが用いたのは、楯の前で交差する二本の笏を真ん中に据えた大きな花形装飾なのだ」

「出版界の王者エルゼヴィル一族という意味をこめた……」

「そのとおり。誰ひとり覇を競いえない王権」

「ところで、貴方がいまそこにお持ちの本——佛蘭西風菓子製法と六十種類の玉子料理法の載った一冊ですが——それは書物と大鎌を手にした天使ですか？　葡萄蔓ですか？　ミネルヴァと橄欖樹？　人魚？　メデューサ？　立葵の花輪？　それとも、二本の笏の交差した楯でしょうか？」

「これはだね、ぜんぶの中でいちばん貴重なものだ。今夜、この劇場へ来る途中で、この本を手に入れたのだ。考えてもみたまえ、このエルゼヴィル版のことで、私は三年ものあいだ、あの間抜け者、自分じゃ大学者のつもりでいるが、けちな政治屋にも劣るベラールを相手にとって議論しつづけてきたのだよ!」

「つかぬことを伺いますが、なにがその論争の的だったのですか?」

「彼の説では『佛蘭西風菓子製法』は一六五四年の版で、あそび紙は四枚だけということだったが、それにたいして私のほうは、一六五五年の出版、そしてあそび紙は五枚で、題扉もあると主張してきたのだよ、そしてご覧のとおり私のほうが正しかったわけだ。ほら、ちゃんとそうなっているでしょう、刊行の日付は一六五五年、あそび紙もちゃんと五枚、題扉もちゃんとついています」

「なるほど、ぜんぶそのとおりになっていますね」

「そうなんだ! そうなんだ! 恥をかくのは、赤っ恥をかくのは誰あろう、ベラール君のほうさ!」

「ですが、あの……」私はおずおずと口をはさんだ。

「貴方は確か三年に亙ってこの小型本について論議してきたと言われましたね?」

「その通り! 三年以上ですよ!」

「そこで、ふっと思ったのですが、もしもお二人が議論それ自体を楽しんでおられたのでなければ、至極簡単な方法でそれに終止符を打てたのでは?」

「というと?」

「昔、ある哲学者は、運動の事実を否定したいま一人の哲学者にたいして、彼の前を歩いてみせることによって運動が存在するという厳然たる事実を証明してみせたとか?」

「それで?」

「そこで、貴方の知識がベラール氏に勝ることを彼の前に明らかにするには、いま貴方が手にしておられるエルゼヴィル版を見せておやりになりさえすればよかったのです。そうすれば聖トマス以上の疑ぐり屋でもない限り……」

「だけど彼に見せるには、現物を所持している必要がある、ところが私も持っていなかったものでね」

「すると、この小型本はそんなに珍しいものなのですか?」

「珍本も珍本! ヨーロッパじゅう探しても、まず十冊と残っていないだろう」

「また何故よりにもよってこの本だけが特に珍しいのですか? 少ししか刷られなかったのですか?」

「それどころかこの版は、テシュネルに言わせると五千五百部、私の見解では一万部以上が刷られているのだ」

「まさか！　それじゃアレクサンドリア図書館[9]と一緒に燃えてしまったとでもいうのですか？」

「そうではなく、台所の混乱の中で、行方が知れなくなったり、芥《ごみ》とまぎれ込んでしまったりしたのだよ。おわかりだろうが、料理人というものは、男女を問わず、あまり本を大事にしない連中ばかりでね。『佛蘭西風菓子製法』も、カレームの本[10]や、『王室風料理[11]』と同じ調子で扱われてしまったのだ。それがこの版の稀覯本たる所以でね」

「それほどの珍しい本を、やっと今夜、見つけられたというわけですね？」

「なあに、六週間以上前からわかっていたんですがね。フランクに頼んで取りのけておいてもらったんですよ、それだけの代金が都合できなくてね」

「なんですって！　貴方にそれだけの資力がなかった、たかがこのちっぽけな古本一冊を買うだけの？」

愛書狂の顔に蔑んだような微笑が浮かんだ。

「そもそも、『佛蘭西風菓子製法』の値段が一冊どのくらいするものか、きみはご存知なのですか？」

「さあ、エキュ銀貨（五フラン銀貨）一枚というところでしょうか」

「『佛蘭西風菓子製法』一冊の値段は、あなた、二百フランから四百フランですよ」

「二百フランから四百フラン？」

「ええ、そうですよ……。一週間前、『古本屋必携』の著者で、気ちがいじみたエルゼヴィル版蒐集家のブリュネ老[12]が、これと同じような本を三百フランで買い入れたいという新聞広

LE
PASTISSIER
FRANÇOIS.
Où eſt enſeigné la maniere de faire toute ſorte de Paſtiſſe-rie, tres-utile à toute ſorte de perſonnes.
ENSEMBLE
Le moyen d'apreſter toutes ſortes d'œufs pour les jours maigres & autres, en plus de ſoixante façons.
A AMSTERDAM.
Chez Louys & Daniel Elzevier.
A M DC LV.

『佛蘭西風菓子製法』題扉
エルゼヴィル版（1655年刊）

『佛蘭西風菓子製法』口絵
エルゼヴィル版（1655年刊）

告を出していました。幸い、その記事はフランクの目に触れなかったが」

「ちょっと失礼！　おことわりしておきましたように、なにぶん僕は無知な人間なもので……この手の本の値段は二百フランから四百フランの間だとおっしゃいましたね」

「そう、二百フランから四百フラン」

「その値段の開きはどこからくるのでしょうか？」

「余白《マージン》からです」

「余白からですって！」

「エルゼヴィル版の値打はすべてその余白の寸法によって決まる。余白が広ければ広いほど値打の上がるのがエルゼヴィル版です。余白のまったくないエルゼヴィル版など一文の価値もない。余白をコンパスで測り、その幅が十二、十五、十八ライン（一ラインは十二分の一インチ）とふえるに従って、二百、三百、四百フランと値が上がり、時には六百フランの値がつくことすらある」

「六百フラン！……僕としてはメシャン夫人の意見のほうに賛成ですね」

「メシャン夫人の意見というと？」

「メシャン夫人はたいへんすぐれた女性です」

「なるほど」

「ご主人はエーヌ県の知事で」

「なるほど、それで」

「つまりその、夫人がご主人に同伴してソワソン（県庁所在地）を訪れた日のことです。そこの要塞司令官が知事に敬意を表して、塁壁に居並ぶ大砲を次から次へとご覧にいれたというわけです。いろとりどり、新旧さまざま、口径もまちまちな大砲を見せられ、まあ！　なんと！　信じられないわ！　といった言葉も底をついて、司令官への言葉に窮したメシャン夫人は、彼にむかってこう尋ねました。『閣下、大砲一門はおいくらぐらいいたしますの？』――『十口径、二十四口径、三十六口径、いずれのでありますか、伯爵夫人？』――『あら！　あたしとしたことが。そう、三十六口径としましょう』――『三十六口径の大砲一門はですね、奥さま』と司令官は答えました。『三十六口径の大砲一門、それはおおよそ八千フランから一万フランいたします』――『じゃ』とメシャン夫人は答えました。『買うのはよすことにしますわ』」

隣席の男は、私がその逸話を悪気なしに話したのか、それともからかいのつもりで言ったのか、判断に迷った顔つきで私を見た。おそらく彼にその辺のところを私に問質《といただ》したかったのだろう、だがそのとき開演のベルが鳴った。前奏曲が始まり、「静かに」という声がした。そこで私は耳を澄まし、いっぽう隣席の男は彼の大切なエルゼヴィル版の読書の中にますます深く沈み込んでいったのである。

幕があいた。

第三話　ビブリオマニア

Ch・ノディエ

あの善良なテオドール、こう言えばお心当りの方も多いだろう。じつを言うとついいましがた私は彼の墓に花を投じ、彼の上に土よ軽かれと天にむかって祈りを捧げてきたところなのである。

よくご存知のこのきまり文句からして、私がここに彼の死亡通知を、もしくは追悼文を綴ろうとしていることはすでにお察しいただけたことだろう。

テオドールが仕事の目的で、それとも無為に日を送るために世間から姿を隠してもう二十年になる。そのどちらのためかは、誰にも解明できない謎であった。彼には考えるところがあったのだ。なにを考えているのかはわからなかったが。一生を彼は本に埋れて過ごし、本のことしか頭になかった、そんなところから彼は一切の書物を無用にしてしまうような一冊の書物を書いているのだと考える向きもいた。がそれはむろん間違っていた。伊達や酔狂で学問を身につけていない証拠に、かかる書物が三百年も前につくられてしまっていることをテオドールはよく心得ていた。すなわちラブレーの「第一の書」の第十三章[1]がそれである。

テオドールはもはや人と口をきかなかった。陽気に遊び廻ることもなく、飲み食いとも縁をたち、舞踏会にも、観劇にも出かけなかった。若い頃は好きだった女たちもいまでは彼の目を惹かなくなってしまった、いや、彼女たちに目をつけることがあるとしてもそれはせいぜい足の先ぐらいだった。そして艶々した色彩のしゃれた履物に注意をむけるときには、胸の底から悲痛な溜め息をしぼり出して言うのだった。「ああ！　勿体ない、モロッコ革(2)をこんなに無駄使いして！」

以前は彼も最新流行のおしゃれに浮き身をやつしたものだった。当時の記録によれば、ネクタイを右で結んでいたガラ(3)の権威に屈せず、また今日でも真ん中で結ぶことに固執している俗人どもを尻目に、左でネクタイを締めた彼は最初の人間ということになっている。テオドールはいまでは身なりに気を使わなくなっていた。この二十年間に彼が仕立て屋と言い争いをしたことといえば、たったの一度きりである。「いいかね」と或る日仕立て屋にむかって彼はこう言い渡したものだ。「こんど、ポケットを〈四つ折判《イン・カルト》(4)〉に作るのを忘れたら、お宅で服を誂えるのは、これが最後だと思ってくれ」

そのどさくさを利用して一攫千金をねらう不心得者が多い世の中なのに、政治にも彼はほんの片時しか瞑想をかき乱されることはなかった。ナポレオンが「北」でむこう見ずなことを企て、ロシアの皮革《かわ》の値段がはね上がってからというもの、政治と聞いただけで彼は不機嫌になるのだった。そのくせスペイン革命へフランスが介入することには賛成だった。まさしく、彼に言わせれば、イベリア半島から「騎士道物語」や「歌謡集《カンチオネロス》」の類《たぐい》を持ち帰る絶

好の機会というわけである。しかし遠征軍はそんなことはまるで考えつかず、彼のほうはだいぶご機嫌を損じたみたいだ。トロカデロ[5]の話題が出ると、空惚《そらとぼ》けて彼は「ロマンチェロ[6]」の話を持ち出すのだった。おかげで自由主義者ということにされてしまった。

ド・ブールモン[7]氏の記念すべきアフリカ沿岸遠征には有頂天になって喜んだ。「ありがたい」と揉み手しながら彼は言うのだった。「これでレバノンのモロッコ革が安く手に入るぞ」――おかげでシャルル十世[8]贔屓にされてしまった。

この夏も彼は、とある繁華街を、本に読みふけりながら歩いていた。すると酒場から千鳥足で出てきた、数名の模範的市民が彼のそばへ近づくと、喉もとにナイフを突きつけ、言論の自由の名において、〈ポーランド人民万歳！〉(9)と叫ぶよう命令した。「お安いご用です」と人類全体の幸福を願って常々頭の中で叫びつづけているテオドールは承知した。「でも、理由《わけ》をお聞かせ願えませんか？」——「教えてやろう、エスイタ教徒を好かないからといって、ポーランド人を迫害するオランダに対して、われわれは宣戦を布告することにしたからだ」進歩主義の味方は答えた。なんとも荒っぽい地理学者、強引な理論家があったものである。——「神よ救いたまえ」拝むように手を合わせて、われらの友は口のなかでつぶやくのだった。「それじゃモンゴルフィエ氏(10)の模造オランダ紙だけになっちまうのか！」

文化人をもって任じる男は棍棒でなぐりつけ、彼の足をへし折ってしまった。テオドールは古書カタログに目を通しながら三カ月間病床で過ごした。たいそう興奮しやすいたちだったので、この読書は傷の腫れをますますひどくするのだった。

快方にむかってからも彼は安眠できなかった。ある晩、悪夢にうなされているところを妻に揺り起こされた。

「いいところへ救《たす》けに来てくれた」と妻に接吻して彼は言うのだった。「恐怖と苦痛で、もうすこしであの世行きだった。血も涙もない化物どもに取り囲まれて」

「どなたからも怨まれるおぼえなどございませんのに、あなた、いったいどんな化物におびえることがあるんです？」

「ありゃ、たしかに、ピュルゴルド[11]の亡霊だ、身の毛のよだつような鋏で、おれの持っているアルドウス版[12]の仮綴じ本の余白を一インチ半も切り込んどるところだった、その横じゃ、ウディエ[13]の亡霊がおれの一番すばらしい〈初刊《プリンケプス》〉本[14]を、腐蝕液のなかへ情容赦なく押し込んで、真っ白けにしちまっとるんだ。どうやらご両人とも浮かばれてないみたいだ」

　彼の妻は夫がてっきりギリシア語で話しているものと受け取るのだった、というのは彼はギリシア語も少しばかりかじっていたからである、その証拠に彼の書庫の棚のうち三段分はページ

の切ってないギリシア語の本で埋まっていた。つまりそれらの本を彼はけっして開いたことはなく、ごく内輪の友だちに表紙と背の部分を見せるだけで満足していた、だけど印刷された場所や、印刷者の名前、発行年月日などはすらすらと口に出るのだった。そんなところから彼のことを魔法使いみたいに決め込んでしまう単純な人間もいた。私はそうは考えないが。

　彼のからだが目に見えて衰えていくので、医者が呼ばれた。そのかかりつけの医者は、たまたま、才智にたけた、哲学者肌の男だった。なんなら諸君にご紹介してさし上げてもいいが。名医は脳充血が切迫していることを認め、その病症について「医事新報」誌上にすぐれた報告文《レポート》を発表し、そのなかでこの病気は〈モロッコ革偏執狂〉、または〈愛書狂《ビブリオマニア》チフス〉と名づけられた。だが〈真性コレラ〉[15]とかちあってしまったために、「科学アカデミー」で取り上げられるには至らなかった。

　医者は運動をするようにすすめた。その考えが気に入ったので、先日、彼は朝早く外へ出かけた。私は心配で彼のそばから一歩も離れなかった。私たちは河岸のほうへむかっていった。川を眺めれば気も紛れるだろうと思って私はほっとした。ところが彼は欄干の高さから目をそらそうともしないのだ。そのあたりの欄干はのっぺらぼうで露店の影もなく、まるで二月に大司教館の書庫を水中に投じた、例の新聞の味方[16]たちが朝っぱらから乗り込んできて荒しまくったあとみたいだった。「花河岸《ケー・オ・フルール》」まで来るといくらかましだった。ここは古本の洪水だ。だけどよりにもよってなんという古本！　この一カ月間に新聞雑誌で賞めそやされた作品が一つ残らず顔を揃えている。それらは編集局や本屋の倉庫からここへ、五十サンチーム本（見切り本）の箱の中へ確実に間違いなく飛び込んでくるのだ。哲学者、歴史家、詩人、小説家、あらゆる種類、あらゆる判型の著者たち、彼らにとってはどれほど華々しい宣伝も、永劫不滅を願う者たちの前に待ち受けている脱出不可能な辺獄の域を越えられず、いずれもみな蔑まれ、書店の棚からセーヌ河の手摺へ場所を移し、この深き「黄泉《よみ》の河」の縁《ふち》から、己れの思い上がった跳躍の確実な終局を、次第に黴つきながら、眺めつづけているのである。その中から私も五、六人の友人のあいだにまじった私の「八つ折本《イン・オクタヴォ》」を何冊か取り出し、真新しいページを開いてみた。

テオドールは溜め息をついた、といっても私の精神の産物が蠟引き布の親切な外套でかろうじて護られ、雨風にさらされているのを見たからではなかった。慨嘆して言うには、

「露天古本屋の黄金時代[17]はどこへ消えちまったのか？　しかし私の友人が、かの有名なバルビエ[18]があれほど夥しい宝物を蒐集したのは、数千項目よりなる専門書誌の作成を達成したのはここに於てなのだ。学殖豊かなモンメルケ[19]が「裁判所」への行き道、同じく学殖豊かな

ラブードリー[20]が都心からの戻り道、彼らの博識にして実り多き散策を、幾時間にもわたって、引き延ばしたのはここなのだ。感心なブラール[21]が稀覯本を毎日一メートルずつ、計り杖で測って持ち帰り、万巻の書物でふくれ上がった彼の六軒の家はそれを収める余地がなくなってしまったのもここでなのだ。おお！　そんなとき、彼は幾度、ホラティウスのあのささやかな〈片隅《アングルス》〉[22]を、でなければ、必要に応じてクセルクセス王の大軍を収容することもできるし、そうかと思うとジャノン（童話の中の登場人物）のお祖父さんのナイフの鞘と同じくらい簡単に腰にぶら下げることもできるというあの妖精の天幕の伸縮自在な容器《いれもの》を羨んだことだろう！　それが

いまは、なんという惨めなざまだ！　古い文学の足もとへも寄りつけない、ヒパニス河[23]の羽虫同様、その生命が二十四時間内に蒸発してしまう現代文学の埒もないがらくたしか、ここではお目にかかれない。奴らが造り出す書物と同んなじくらい愚かな、そんじょそこらの恥知らずな印刷屋が渋々割り当てた煤入りインクとパルプ紙にまさしくうってつけの文学さ！　屑屋の負籠《おいかご》から取り出されたあと、別に使い途が変わったとも思えない、黒いしみで汚されたこんなぼろ切れに書物の名を冠するとは、冒瀆もいいとこだ！　河岸は現代名士の〈死体置場《モルグ》〉に成り下がってしまったのか！」

　またしても彼は溜め息をもらした。私も同じく溜め息をついた、だけどその理由は同じではなかった。

　私は急いで彼を引っぱって行った、というのは彼の興奮は一歩ごとに高まり、致命的発作を惹き起こしかねないように思えたからだ。その日はよほど虫の居所がわるかったらしく、なにを見ても彼は憂鬱な気分に陥るのだった。道々、言い出すには、

「ほら見たまえ、ラドヴォカ[24]のあの豪勢な店構え。まさしく堕落した十九世紀文学のガリオ・デュ・プレ[25]さ。間口のひろい、活動的な本屋で、もっといい時代に生れてくればよかったんだが、情けないことに、古い本に永遠の犠牲を強いて、新しい本ばかり無闇にふやすこ

とにかかりきっている。コットン紙と、でたらめな綴り字と、ごてごて飾り立てた挿絵の後援者、型にはまった散文と今様はやり歌のけしからんパトロン、まるでフランスにはロンサール以後も詩があり、モンテーニュ以後も散文があるみたいだ！　書籍王国のこの殿堂は、いうなればパラディオン（トロイアの守護神アテネの木像）盗みの一味を手引きしたトロイアの木馬、地上の諸悪に道を開いたパンドラ(26)の箱だ！　人喰い人種のほうがまだしも可愛げがあるね。私は奴のところから出る本の一章を受け持つことになっているが、あいつの顔はもう二度と拝みたくないね！」

「ところで」とつづけて、「ここは信頼できるクローゼ(27)の緑壁の店だ。若手書籍業者のなかではいちばん感心な人物で、初代ドロームと二代目ドローム(28)の装幀を見分けることにかけちゃ、パリ中でこの男の右に出る者はない。愛書家の最後の世代の最後の希望だ、もっともこの野蛮時代にまだ希望なんてものが抱けるとしてのはなしだがね。彼とはいつ話しても何か学ぶところがあるよ、だけどきょうはその楽しみも味わえない！　目下のところ彼は、イギリスにあって、それを産み出した恩知らずな国に於ては二百年ものあいだ忘れ去られてきた、われらが美わしい言語の記念碑の貴重な残骸を、ソホー・スクェアやフリート・ストリート(29)の貪欲な侵略者たちの手から、正当な報復の権利によって奪い返している最中だ！　Macte animo, generose puer![30]（高貴なる若者よ、智恵において肥れ！）」

「ほら」と彼はもと来た道を引き返しながらつづけた。「芸術橋《ポン・デ・ザール》[31]だ、この役立たずな欄干ときたら数センチの幅しかない不様な手摺では、豚革[32]の表紙と青銅の留金[33]で十世代の目を楽しませてきた三百年前のどっしりした二つ折判《イン・フォリオ》などぜったいにのっけられたもんじゃない。まったく、お似合いの通路だよ、学識の道でない道を通って宮廷から学士院へつづいているなんて。私が間違っておるのかも知れん、だけどこの種の橋が考え出されたというのは、識者の目から見れば、文芸の衰退の明らかな証拠としか言いようがないね」

「ほら」とルーヴル広場にさしかかったときテオドールはさらにつづけて、「ほら、あの白い看板、あれはもう一人の腕利き本屋の店だ。長年、あれが目に入るたびに胸が躍ったものだ、ところがいまじゃ苦々しい思いを味わされるだけだ、だって、パリのジャン・ボンフォン、リヨンのジャン・マレシャル、アヴィニヨンのジャン・ド・シャネーといった、すばらしいゴシック字体本[34]を、テシュネル[35]は真っ白な紙に、見てくれのいい厚紙装幀で、タスチュ[36]活字を使って再刊するなんてことを考え出し、おかげで入手困難ながらくた本が小綺麗な偽造品になって大量に出回っちまったからだ。雪のように白い紙を見ると鳥肌立つね、あれに較べりゃどんなもんでもまだましさ、かといってそいつが印刷工という名の死刑執行人の

横木《バー》の一撃のもとで、この鋼鉄世紀の馬鹿げた思いつきの嘆かわしい烙印を記されたのちに出来あがるものに到っては、ますます頂けないがね」

テオドールはさらに大きな溜め息をもらした。いよいよおかしくなってきたのだ。

そうこうするうちに、ボン＝ザンファン街にある盛大な文芸市場、シルヴェストル競売所[37]の前にさしかかった。学者たちに尊ばれているこの場所では、ここ四半世紀のあいだに、プトレマイオス王朝の図書館[38]がかつて収めた以上の数限りない珍品が続々と持ち込まれたものである。素晴らしい書物がこれほど夥しく並べられているのを目にしたのははじめてだった。

「こんなものを売るなんて、なんという気の毒な人たちだ！」テオドールにむかって私は言わずにおれなかった。

「死んじまったか」と彼は答えかえすのだった。「それともこのことがもとで死んじまう連中かどちらかだろうね」

だけど広間はがらんどうだった。例の疲れを知らぬトゥール[39]氏の姿以外には目に入るものとてなかった。彼は毎日探究をつづけているが昨日まで見つからなかった書物の標題《タイトル》を、丁寧にととのえたカードに、根気づよい正確さで、写しとっているところだった。あらゆる人間のなかでいちばん幸せな人間！　だってこの世に存在するとわかっているすべての書物に彼は目を通し、その題扉の正確な図録を、内容別に整理して、紙挟みの中に所蔵しているのだから。進歩の完遂によって約束されている目睫に迫った次期革命の中で、印刷術のありとあらゆる産物が滅び去ってしまっても、彼にたいしてだけは、なんの影響もないだろう。世界中の書庫の完全なカタログを彼は未来へ遺産として残すことができるだろう。文明の財産目録を編纂すべき時期をはるか以前から予測していたとは、たしかに見上げた予知能力の持ち主にちがいない。もうあと何年かすれば、文明のことなどは口にも登らなくなるだろう。

「これはまた、テオドールさんとしたことが！」誠実なシルヴェストル氏が話しかけてきた。「一日間違えられましたな。昨日が売立ての最終日でした。ご覧になっている本は売約

済みで、運送屋を待っているところです」
テオドールはよろめき、血の気が失せた。額《こめかみ》はいささか手ずれしたレモン色モロッコ革の色合を帯び。彼を襲った打撃は私の心臓の底に鳴り響いた。
「なんということだ」打ちのめされた様子で彼は言うのだった。「ひどい話だ、ついてないのは常時のことだが！ それにしても、ド・トゥー[40]やグロリエ[41]の書庫でも自慢しそうな、この真珠の粒、このダイヤモンド、このすばらしい財宝を手に入れたのは、いったいどこの誰なのだ？」
「いつもの顔ぶれですよ」シルヴェストル氏は答えた。「ここに集まった古典のすばらしい初版本、著名な学者の書き入れがある完全な状態の古刊本、学士院も大学もまだ耳にしたことがない古典学関係の興味深い稀少資料は、むろんリチャード・ヒーバー[42]卿の手に落ちました。つまり英国の獅子の分け前というやつで、もうこちらの手に負えなくなってしまったギリシア・ラテンのものは、喜んであの方にお譲りすることにしております。——このみごとな博物学のコレクション、分類法と図版の傑作はエスラン大公殿下[43]のものです。じつに勉強熱心なお方で、高貴な巨万の富を、その用途を通じて、ますます高貴なものに高めることにこのところ励んでおられます。——ここにあります中世の宗教劇、どこにも類本がない珍しい教訓劇、私たちの祖先が手がけた興味深いお芝居の真似事は、ド・ソレーヌさん[44]の模範的蒐集をさらに充実させることになるでしょう。——このまことに瀟洒な、まことに保存のいい、昔の滑稽本の集まりは、お友だちのエーメ・マルタンさん[45]が入手されました。——これなる三重飾り罫線に、幅広のレース模様、贅沢な格間《ごうま》にわかれた、真新しい艶々したモロッコ革本がどなたさまのものかは申しあげるまでもないでしょう。庶民階級のシェークスピア、大衆演劇のコルネイユ、民衆の情念と美風の巧みな、屢々雄弁な代言者[46]、朝《あした》には見向きもしなかった本を、夕《ゆうべ》には万金を投じて買いまくるお方、それも深傷《ふかで》を負った猪みたいに、歯をくいしばってうめき、黒い眉毛が悲劇にうってつけの目つきで競争相手をねめつけながら……」

テオドールはもう聞いていなかった。わりあい見てくれのいい一冊の本を取り上げて、大急ぎでエルゼヴィル尺[47]、すなわち彼が自分で本の値段（やれやれ！）、および本質的価値を測定するのに使っている、ほとんど無限に近く刻み目を入れられた一五センチ尺をそれに押しあてているところだった。その呪われた本に何回となくそれを近づけ、骨の折れる計算を何回となく確認し、私には聞きとれない言葉をつぶやいたかと思うと彼は、もう一度顔色を変え、私の腕のなかに気を失ってしまった。折よく来かかった辻馬車の中へ、やっとのことで私は彼を運び込んだ。

突然苦しみだしたわけを聞き出そうとしてもなかなか彼は答えなかった。口をきこうともしないのだ。私の言葉ももう耳に達しなかった。「まさしくチフスだ」と私は考えるのだった。「重症のチフスだ」

彼を腕に抱きしめ、私は質問をつづけた。彼のほうもぶちまけてしまう気になったみたいだった。――「私くらい運の悪い人間はいないよ！　あの本、あれに一六七六年版ヴェルギリウス[48]の大形版[49]だ。私の持っているのは飛びきり大きいやつだとばっかり思っていたのに、ところがあれは私のより縦幅が三分の一行《ライン》も大きいんだ。意地の悪い連中にかかれば、二分の一行《ライン》ということにされちまうだろう。三分の一行《ライン》も、ああ、なんてことだ！」

私は肝を冷やした。彼がとうとう錯乱にとらわれてしまったものと思ったからだ。

「三分の一行《ライン》！」まるでアイアースかカパネウス（ギリシア神話中の人物）のような形相で、天にむかって握り拳を振り上げ憤りをこめて彼は繰りかえすのだった。

私は全身に震えが走った。

次第に彼はこの上なく深い意気消沈に落ち込んでいった。哀れな男はもはや苦しむためにしか生きていなかった。ただときどき自分の手を噛みながら繰りかえすだけだった。――「三分の一行《ライン》！」――そして私のほうは小声でつぶやくのだった。――「書物がなんだ、チフスがなんだ！」

「落ち着くんだ、きみ」発作が繰りかえされるたびに私は彼の耳もとでやさしく言ってきかせるのだった。「三分の一行《ライン》なんて、この世のなかのどんな微妙な問題においても大したことじゃないさ！」

「大したことじゃないって！」彼のほうは大声でわめきかえすのだった。「一六七六年版ヴェルギリウスの三分の一行《ライン》が！　ド・コット氏[50]のところから出たネルリ版の『ホメロス』[51]の値段を百ルイもつり上げたのは三分の一行《ライン》なんだぜ！　ああ！　きみは錐《きり》が三分の一行《ライン》ばかり心臓に穴をあけてもなんでもないというのかね？」

彼の顔はすっかりあお向けになり、腕は硬直し、脚は万力で締めつけられたような痙攣にとらえられた。明らかにチフスが末端にまで廻ったのだ。私としては彼の家までのあと僅かの道のりをたとえ三分の一行《ライン》たりとも引きのばされたくない思いだった。

やっと着いた。「三分の一行《ライン》！」管理人の顔を見るなり、彼はこう言うのだった。

「三分の一行《ライン》！」戸を開けにきた料理女にも同じように。

「三分の一行《ライン》！」迎えに出た妻にむかっても、相手を涙で濡らしながら。

「あたしの鸚鵡が逃げちゃったの！」彼と同じように涙をたらした孫娘が言った。

「どうして籠を開けといたんだ？」とテオドールは答えて、「三分の一行《ライン》！」

「南部で、それにカドラン街でも民衆が決起したんだと」夕刊を読んでいた年寄りの伯母が言った。

「なんでまた民衆が口出しすることがあるんだ！」とテオドールは答えて、「三分の一行《ライン》！」

「ご主人さまのボースの農園が火事になりました」と召使いが彼を寝かせながら言った。

「また建てなおさなくちゃなるまい」とテオドールは答えて、「あの土地にそれだけの価値があるとしての話だが。三分の一行《ライン》！」

「重症だと思われますか？」乳母が私に訊ねた。

「『医事新報』を読まなかったのかね？　なにをぐずぐずしてるんだ、早く司祭さんを迎えに行くんだ」

幸いなことに、ちょうどその時司祭が入ってきた。いつものように、聖務日課のあいだも完全に忘れることのできない文学や書物のくさぐさの楽しい話題についてお喋りしにやってきたのだ。しかしテオドールの脈をとってみたとき、もうそんなことを考えるどころではなくなった。

「ああ！　わが倅よ」とテオドールにむかって司祭は言いだした。「人生は束の間にすぎない。世界そのものですら永遠の土台の上に築かれているわけではない。始めあるものの常としていつかはそれも終らねばならない」

「その問題なら」とテオドールは答えかえした。「世界の起源と古さについての例の『論考[52]』を読まれましたか？」

「私の知識は〈創世記〉のなかで学んだものです」謹直な牧者は答え、「でもミラボー氏[53]とかいう、前世紀の詭弁家が、その問題について一冊の書物を著わしたということは聞いています」

「Sub judice lis est[54]（学者は分かれている）」だしぬけにテオドールが横槍を入れた。「「世界」の最初の二部はあのえせ学者のミラボーがつくったものだが、第三部はル・マスクリエ師[55]の手になることを、私は『雑録《ストロマタ》』の中で証明しました」

「おや、まあ！」年寄りの伯母が眼鏡を持ち上げて叫んだ。「それじゃ、アメリカを作ったのはいったいどなたかの？」

「そんな話じゃないんです」坊さんはつづけて、「あなたは〈三位一体〉なるものを信じますか？」

「かの有名なセルヴェトゥス(56)の『三位一体論』を疑ったりできますか？」枕の上に半ば身を起こしてテオドールは答えた。「だいいち私は、マッカーシー(57)の屋敷で、それが二百十五フランというべらぼうに安い値段で売られるのを、ipsissimis oculis（まさしくこの目で）見たんですからね。もとの持ち主がラ・ヴァリエール(58)の競売で手に入れたときは七百ポンドも支払ったのに」

「その話とはちがいますよ」伝道者はいささか狼狽して叫んだ。「イエス＝キリストの神性についてどうお考えか聞いているのです」

「なるほど、なるほど」テオドールは答えて、「それならそれとおっしゃれば。あの無智文盲の毒舌家ヴォルテールが、『千一夜物語』向きのばかばかしい寓話をいっぱいそこから拾い出してきた、『トルドス＝イエシュ(59)』という代物は、学者の書庫に納まる値打のない、ラビ僧のくだらん寝言に過ぎません、この点についちゃ、誰がなんと言おうと、私はぜったい自説を曲げないから」

「ごもっとも！」職務に忠実な聖職者はほっと一息ついた。

「いつか将来」とテオドールはつづけて、「私の記憶にまちがいがなければ、たしかダヴィッド・クレマン(60)の手もとにあった未整理草稿の中で取り上げている特大判本《イン・カルタ・マクシマ》が見つかりでもすれば話は別ですがね」

司祭は、今度は、たいそうはっきり聞きとれるかたちで呻き声をあげ、すっかり動揺して椅子から立ち上がった、そしてテオドールの上に身をかがめると、もう回りくどいあいまいな言い方はやめて、「医事新報」で話題になっていた愛書狂チフスに彼が完膚なきまでにやられてしまっているということ、そして司祭としてはもはや彼の魂の救済以外のことは考えておれないということをきっぱりわからせようとした。

愚者の学ともいうべき無信仰者の思い上がった否定論のなかに立籠《たてこも》ったことはテオドールはいまだかつて一度もなかった。しかしわれらが友は書物のなかで文字の空しい研究をあまりに遠く推し進めたために己れの精神をつなぎとめているゆとりがなかった。完全な健康状態のおりでさえ特定の主義と名のつくものは彼に熱を出させただろうし、教義に至っては破傷風をも引き起こしかねなかった。神学的道徳にかんしてはサン＝シモン主義者の前ですら兜を脱いだだろう。テオドールはそっぽを向いてしまった。

あまり長いこと口をきかないので、死んでしまったのではなかろうかと思ったくらいだ、ところが近づいてみると、口の中でこうつぶやいているのが聞こえる。「三分の一行《ライン》！ 正義と恵みの神よ！ あの三分の一行《ライン》をどこで取り戻していただけるのです？ あなたの全能のお力でこの製本師の取りかえしのつかない大失策をどの程度まで繕っていただけるのです？」

そこへ彼の友人の愛書家がやってきた。テオドールが死に瀕していること、ル・マスクリエ師が世界の第三部を作ったのだと思い込むほど錯乱していること、そして十五分ばかり前から口もきかなくなってしまったということを告げられた。

「私が確かめてみよう」愛書家は答えた。

「一六三五年刊エルゼヴィル版『カエサル』[61]の良本は何ページ目のノンブルの打ち間違いでわかるんだったね？」テオドールにむかってこう尋ねた。

「一四九のかわりに一五三」

「ご名答。それじゃ同じ年の『テレンティウス』は？」

「一〇四のかわりに一〇八」

「こいつは驚いた！」私は思わず叫び声を上げた。「その年のエルゼヴィル書店はよっぽど数字でご難つづきだったと見えるね、対数表を刊行しなかったのは賢明というものだ！」

「お見事！」とテオドールの友人はつづけて、「皆んなの言うことを真《ま》に受けたら、棺桶まであと指一本と思うところさ」

「あと三分の一行《ライン》さ」テオドールが虫の息の下から答えた。

「きみの話は聞いたよ、でもおれのにくらべりゃなんでもないさ。いいかい、一週間前のことさ、入口に張り出されたビラでしかわからないちっぽけな名もない競売場で、一五二七年版ボッカチオ[62]のきみが持っているのと同じくらいすばらしい本を見つけたのに、手に入れ損ねたよ。ヴェネチア産ヴェラム[63]革装で、aの文字が尖っていて、原形のままの頁があちこちに残っており、一枚も差し替え紙がないときてるんだ」

テオドールの全機能は一つの考えに集中していた。「aが尖っていたというのは確かかね？」

「槍騎兵の戟槍《ほこやり》の先みたいにね」

「それじゃ、まちがいない、正真正銘の〈二十七年版《ヴィンティセッティーネ》〉だ！」

「そのとおりさ。さっそく皆んなを呼んで盛大な祝宴を上げたよ。きれいな女たちに、活きのいい牡蠣、気の利いた男連に、シャンペン。馳せつけたときは、落札の三分後さ」

「なんということだ」テオドールはカンカンになって怒鳴りつけた。「〈二十七年版《ヴィンティセッティーネ》〉が売りに出ているときに、食事なんかしている馬鹿があるか！」

この最後の努力がまだ彼を生かしていた生命の残りを使い果たしてしまった。燃えつきようとする火種にふいごが働きかけるみたいに会話の活動が生命を支えていたのだ。それでも唇はまだうごめいていた——「三分の一行《ライン》！」。しかしそれが最後の言葉だった。

彼の命を引き延ばす希望が断たれてしまうと、われわれは彼の寝台を書庫の傍へ持っていった、そしてその場所で彼の目つきが呼んでいるように見える本を一冊一冊取り出し、なかでもいちばん喜びそうに思えるものはとくにじっくりと目の前にさらしてやるのだった。ちょうど真夜中の十二時に彼は息を引きとった、デュスイユ版(64)とパドルー本(65)に囲まれ、トゥーヴァン本(66)を両手でいとおしげに抱きかかえながら。

翌日われわれは彼の棺を野辺へ送り出した。後には泣き濡れた大勢のモロッコ革職人の列が従った。墓の上には次のような碑銘を刻んだ石を置いた、それはフランクリンの墓碑銘(67)をもじって生前彼が自分のために作っておいたものである。

此処に
もはや世人の解し得ぬ,
黄金世紀の言葉もて綴られし,
人間の,
最良版の,
大型本《イン・フォオリオ》一部,
木材装幀のもとに横たわる,
いまははや,
手擦れせる古書と化し,
汚れ,
頁はちぎれ,
題扉も失せ,
虫に喰われ,
朽ち果て,
再版の
遅ればせなる
無益の栄誉を
望むも徒《あだ》なれ。

第四話　愛書家地獄

Ch・アスリノー

I　良心の咎

左様……地獄だ。世の良識人たちの与かり知らぬ歓楽《よろこび》に心奪われたる爾《なんじ》等、現世来世を問わず爾等すべての早晩行き着くべき先は、常に彼の地ではあるまいか。

恋する男には失恋という地獄がある。賭博師には、素寒貧。野心家には、挫折。芸術家には、無名と羨望。怠け者には、飢え。守銭奴には、破産。そして、大食漢には、胃弱という地獄が。

しかし身銭を切ってその道一筋に専念する、しかも四つ五つの産業を支えることによって、ひいては文学や祖国の名声に貢献することにもつながる、なんの罪科《つみとが》もない趣味《マニア》の前に「地獄」が待ち受けていようなどとは。私にはとうてい信じられないことであった。

けれども、それが存在するのである。今の私は知っている、なぜならこの私自身がそこから引き返してきたばかりだからだ。

「吾こそは、吾こそは地獄より戻り来し者なり」

すなわち愛書家地獄から。如何なる罪によって人はその地で地獄の苦しみを味わされるのか、と諸君は問うだろう。お答えしよう。虚心に我々の良心に照らし合わせてみるならば、如何に純粋なものであれ、およそ趣味《マニア》と名がつくからは、物欲、贅沢、思い上り、執着、義務への怠慢、隣人への蔑み、こうしたものをすべて含んでいるとは言えないだろうか。さよう、これら禁断の果実を摘み取る連中のうちの誰か一人でも見かけたおりには、その悦楽時の瞳を窺ってみるがいい、そこには賭博師の激情や放蕩者の横暴さにも似たなにものかが見出せないだろうか。彼らが積年の垂涎の対象をポケットや腋の下に押し込む折に示す獰猛な、或は子供じみた喜びの動作を一見した上で、仮にたとえ一日といえどもこのような情熱がネロの如き人物の権力でもって倍加された場合、どのような結果を招来することになるか、篤《とく》とお考えいただきたい。

私が言いたいのは、むろん、人を使って蒐集に当らせるだけで、買い物にかんしては目利きの古書籍商に任せきりといった、懶惰《ものぐさ》な、金持ちの愛好家のことではない。けだしこの種の手合いから白紙委任状を委ねられた相手はかえって彼らを小馬鹿にしている有様だ。さよう、軽蔑している。猟場番人や密猟者が常に、自分たちの技術のおかげで凱歌をあげる、臆病で不器用な雇い主を軽蔑しているように。

この素晴らしい俄猟師《にわか》
そもそも、わっしらがなんのお役に立つか、
皆さん、ご存じかの？
聖ユベールのお祭り日
そのご馳走をお膳立てするのが、このわっしでさァ。

ピエール・デュポン(1)の小唄の中で密猟者はこう語っている。地主や銀行家の愉楽《たのしみ》のために文学的猟鳥を放つ目利きたち、彼らもまた、同じ思いを抱いているにちがいない。

II　罪悪

ここで私が言いたいのは愛好家《アマチュア》、すなわち蒐集家、それも積極的蒐集家のことである。彼は自分以外の誰をも信じないし、ましてや老練な書籍商などというものは、ゆめゆめ信頼することのできぬ天敵だと思いなしている。競市《せりいち》の朝といえば必ず、展示本一冊一冊に熱っぽい好奇心を示しながら、裏返し、表紙を開き、頁を繰る、この男の姿が見かけられる。染《しみ》や湿気の痕、ちっぽけな虫喰い穴や題扉の補修のあと、果ては半ミリばかしの縁裁ちまで、彼の目は何一つ見逃がさない。売り場を任された書籍商人の方は、不機嫌な顔つきで彼を睨みつけている、それというのも彼からは絶対に手数料を期待できぬことを心得ているからだ。ここにいるのが真の愛書家というものである。同じような姿が午後の競市にも再び見かけられる。外套に身を包み、襟を口髭の辺りまで立て、帽子を目深に下ろし、片隅にひそんで、お前たちは同業者意識からお互い結束して俺から本を奪い取るつもりなんだろう、とばかり宿敵書籍商人たちの注意を引くまいとこれ努めている。

待ちにまった瞬間がやってくる、すると彼は付近の人々の後ろをすり抜け、競売人の耳もとまで躙《にじ》り寄り、付け値を囁きかける。なかには顔の知られていない友人を伴って行き、買い手たちに混って立たせておき、自分は少し離れた場所で競売台には背を向けたままその友人に合図を送るという知恵者も見かける。

ところで探し求めていた一巻が自分に競り落ちたときの愛書家のご満悦といったらどうだ！　鼻高々、売り手にむかって皮肉な一瞥をくれながら、外套をサッと後ろにはねのけ！

「全額即金！」

愛書家たるもの常に現金払いだ、誰にも借りをつくらないために。勘定書きを受け取り、支払いを済まし、獲物をポケ

ットに収めると、目礼一つするでなく、意気揚々と引き上げていく。

「畜生、狡狐《ずるぎつね》とは奴のこった！」

恨めし気に彼を見送りながら、本屋は嘆息する、その妬みも道理だ！　何故なら本屋にとって愛書家とは敵以上に悪いもの、すなわち好敵手《ライバル》だからだ。彼はあらゆる書物の値打ちに精通している。価格入りカタログを山と集めて、いつもそれと首っ引きだ。競売に出されるどの本の出所《でどこ》も彼にはすべてまる見えだ。過去六十年に亙る相場の動きに通じている。そして競売カタログの中に仕組まれた小さな策略を虱潰しに暴き出しては楽しんでいる。たとえばここにフォン・ホイム伯爵[2]旧蔵本と注釈された一冊があるとする。「これは間違いだぞ！フォン・ホイム伯所有の版は〈何某〉氏が買い受けて、一八＊＊年に彼が死ぬと再び売りに出されている。現在はB＊＊氏の手元にあるはずだ。これはエーメ・マルタン[3]文庫の売立て本で、うんと見劣りする代物にちがいない」といった具合だ。しかし、蒐集家《コレクター》と本屋との間のこういった敵愾心も、公開売立てという闘争の場を越えてまで続くことはない。その店先では本屋は蒐集家にたいしてあくまでも慇懃かつ配慮に満ちており、情報を得ようと話に花を咲かせるものである。場合によっては、本の代金を拒む奇特な書籍商さえいるが、彼に言わせれば、一時間ばかしの会話から集めた情報で充分元はとれたというわけだ。

III　永罰

いよいよ我らが愛書家氏はセーヌの露店へ現われる。彼には解っている。そこで最近二十年間誰もが口にしてきたことを繰りかえす、セーヌの露店に掘出し物はもうないと。それにしても、十年に一度ぐらいはそんな機会が訪れぬものとも限らないし、彼にしてみればみすみす他人にそんな機会を奪われて得されたくはないわけだ。そんなとき、彼の頭にはノディエとパリゾン(4)のことがある。一人はエチエンヌ・ドレ版(5)のクレマン・マロ(6)をセーヌの露店で掘出したし、いま一人はモンテーニュ旧蔵本の『カエサル』を十八スーで手に入れたが、その蔵書が売りに出された時には一万五千フランの値がついた。*

概して愛書家のうちでもその熱狂ぶりが最も風変わりで気ちがいじみているのが、このセーヌの露店をうろつく連中である。競売や書店のご贔屓筋は、バルブー版(7)、エルゼヴィル版(8)といった、すっかり評価の定まった古典の良版のためならば、探索の労も惜しまず気前よく金も出す。ところがセーヌの露店のご贔屓たちは、現在はまだ無名だが、後々大騒ぎされる、

といった特殊なものを求めて懸命になるのである。そこでは新聞、雑誌、パンフレット、論文、屑同然の紙片、こうしたある程度時がたつと、再び見つけ出すことが不可能になるようなものが集められる。試みにたった二十年前の定期刊行物を、どれか一つ探してごらんになるがいい！「王立図書館」にもないし、またあったとしても不揃いなものだ。それでもなお諸君が探し続けるなら、そのうち本屋が教えてくれるだろう、完全な

揃いはたった一点、何某氏が所有しているだけだと。その人は十年がかりで一冊一冊、セーヌの露店で買い集めたのである。

従って、セーヌの露店の常客は、勢い先見の明を備えた文学通たらざるを得ない。諸君ならばとうてい買う気になれないようながらくたを買い漁っているその姿を見かけたときには、笑いたいだけ笑うのもいいだろう。彼はひとりごちて自分を慰めている。「十年、二十年先を見ているがいい、このがらくたのためにお前たちは俺に泣きついてくることになるだろうよ。だが、誰が譲るものか！」

不可能と思える蒐集が達成されるのは、将来値打ちのでるがらくたが集められるのは、セーヌの露店である。そこで、一般の愛書家がただ資力や鑑識眼のみを必要とするのに対して（もっともこの二つのうち後のほうをたくさん持ち合わせている連中の数は知れたものだが）、概して貧しく顔も効かない露店の常連たちには、蟻のような忍耐力に加えて、発明家の才能が要求されるのである。

然らば、セーヌの露店にご来訪あれ。そこではロスチャイルド氏(9)にもソラール氏(10)にも出合いはしないが、運がよければ哲学者B＊＊を見かけるだろう。彼は反対命題《アンチテーゼ》への愛着から、三十面《づら》を白髪のあご鬚で縁取り、憑かれたようにイギリスやアメリカの雑誌のばら本を集めている。悲劇詩人L**のほうは武装した象のような恰好で駈けめぐり、その両腕には、常人には得体の知れぬ珍品が抱えこまれている。哲人画家C**、エピクテトスの(11)『提要』を見つけ出す度に彼の心は雀躍する。ロマンティシズムの信奉者A**(12)、彼はペトリュス・ボレルの(13)詩と、C・ナントゥーユの(14)挿絵なら断片に至るまで蒐集しているのだ。

何たる情熱、何たる愚行、しかるに私はこれを無邪気な行いと考えていた時期もあるのだ！　では、如何にして私の罪が己が目に明らかになったか、その顚末をお聞きいただくとしよう。

＊　もっと最近の書物を例に挙げてもよいだろう。例えば、ド・フォンテーヌ・ド・レスベック氏は、四、五年前、古書市では五〇〇フランの値のつくこともある、一六五五年刊、エルゼヴィル版、『佛蘭西風菓子製法』の保存のよい一冊を、河岸の古本屋の店先でわずか六スーで手に入れたことがある。興味深い話題を満載した読み物『セーヌ河岸文学散歩』デュラン書店、一八五七年刊、参照。

Ⅳ　苦悩

その晩、私は言い知れぬ悲しみに打ち沈んで我が家へ帰り着いた。私のような気質と職業を持つ人間に襲いかかる試練としてはどのようなものがあるか、ご想像いただきたい。印刷屋は私の知らぬ間に間違いだらけの原稿を刷りあげてしまっていた。夕刊では私の新作が皮肉屋の友人からわざとらしい調子の賞讃を受けていた。それに他にも幾つか同じくらい深刻な不運が重なった。

その晩は天候までが私の敵に加担していた。雨風が吹き荒れて私はずぶ濡れだった。帽子を飛ばされまいと片手で押さえ、もう一方の手で外套の胸を掻合わせながら、神経を苛立たせ、消耗しきって、目も当てられぬ姿で、ぶつくさつぶやきながら家へたどりついた。真夜中の十二時を告げるパレ・ド・カトル＝ナシオンの鐘の音がこれほど禍々《まがまが》しい調子を帯びて聞こえたことはなかった。

家にもどると早速、枕に頭を横たえながら、私は自分で自分に言いきかせるのだった。

「まあ、いいさ！　明日はセーヌの露店で掘出し物でも探すとしよう」するとやわらかな灰色の明りに照らされた河岸の眺めと、ありとあらゆる色の書物で飾られた欄干の光景が浮かんできて、この心安まる思いつきを胸に私は眠りについたのである。その間も嵐はうなりを上げ続けていた。それに伴って激しい雨も勢いよく降り続けてはいたが、さすがにこの時刻になると、暖かなシーツに包《くる》まって、明日の目醒めに希望を託しつつ、心地よくルクレチウス[15]の詩を口ずさむゆとりが見出されるのだった。

　夢だったのか？　できるものならば私もそう信じたい、だがどうしてこれが夢と受け取れよう？　一生を通じて私は夢と、それが有する意味について研究し続けてきたが、はっきり

していることは、夢は寓意でもなければ幻でもなく、伝達の言葉であって、その自然な類似をとおして願望を、逆のかたちをとおして具体的事実を意味するものである。従って、かりに、神が私の文学的欲情、私の〈書物欲〉の故に私を罰しようとなさったのであれば、おそらく官能に溺れた者が堕ちる地獄、スエーデンボルグ[16]によれば、ある者は腰まで、またある者は顎まで、悪臭芬々たる湖に浸《つ》からせられているという、そのような地獄の幻想でもって私を脅かされたことであろう。おそらく、かりに、私の享楽の虚しさを悟らせようとなさったのであれば、スエーデンボルグのかの有名な一節「霊界のドイツ人たち」に登場するドイツ人のように、何冊もの書物を脇に抱え、彼らの信念や、理想や、哲学観などについて人から問われる度に、それらの書物を繰って答を見つけ出そうとやっきになる、そんなふうな私の姿を私自身の前に提示されたことであろう。これが印刷物にたいする行き過ぎた崇拝の報いである。

否、どう考えても、この私が数時間に亙って耐え忍んだ謂れのない不得要領な拷問が神の意図であるとは思えない、ましてやあの見知らぬ老人が神の使いであるなどとは。ふと気づくと私の部屋の隅に見たこともない老人が立っていて、玄人の抜け目なさで私の書棚に並んだ本を探索していたのである。

V　天上界からの膺懲使節

いかめしい顔立ちをした――狡そうな目つき、薄い口唇――背の高い、痩せぎすな男で、灰緑色の襟のフロックコートを身に着け、目深に被った山高帽の鍔は、並はずれた礼儀正しさを、或いは隠し立ての習慣を示しているように受けとれた。彼は長い指を鉤針のように曲げて、気に入った本を引き出していた。それを開き、薄ら笑いを浮かべながらパラパラと頁を繰り、蔑んだような小さな溜め息とともに、またもとの場所に戻すのだった。

私は彼の側へ駈け寄った。てっきり泥棒だと思ったのである。ところが、動じた様子もない彼の視線でにらみつけられると、私の驚きと憤りはたちまち魔法にでもかけられたように鎮まってしまった。この男にはたしか以前にも出合ったことがあると思わせる節があった。どこで見かけたのだろう？　いつのことか？　昨夜？　それとも二十年も昔か？　はっきりしなかった。

「どこかでお会いしたことがありますね？」私は声をかけた。

「いかにも！　あちこちで！」肩をすくめながら彼は答えるのだった。たえず同じ薄ら笑いを浮かべ、こちらを当惑させる物憂げな口調で「ふふん！」という同じ言葉をつぶやきながら、彼はなおも調査を続行するのだった。私はいつの間にか機械的に着がえだしていた。時はちょうど彼岸の中日に当り、外の薄明と曇り空から察するに、朝の七時、あるいは午後五時頃でもあろうか。一体どうしてこの奇妙な訪問客と散歩に出たいなどという気持が起こったのか、自分でもわからない、自分から言い出すわけはなかった。彼の仕業、彼の暗示だったのか？　そう信じざるを得ないようだ。彼が口笛を吹きながら踵を返し、先に立って扉の方へむかったときには、もう私は帽子を手にしていたのだから。私は彼の後に従った。一言も口をきかなかったが、お互いに完全に了解し合っていた。私たちは河岸のほうへと下って行ったのである。

VI　地獄下《くだ》り

露天古本屋たちはそれぞれの持ち場についていた。みんな私の顔見知りの連中だった。仕事着の下に軍人のような風采を秘めたグージー兄弟。ブルターニュの荒野に咲いた花、バルブドール。家長然と構えたレーヌ。マローレイ、かつてはあれほど美しかった彼の赤色がかった褐色の髪が、白髪に変わるのを私は見てきた。温厚なオルリイ（常に笑顔もて《スブリデンス》）、百歳にもなろうかという彼が深々と椅子に身体を沈めている――その他おおぜい。

最初にわれわれがのぞいた箱にはめぼしいものは何もなかった。あるのは様々な双書の端本とか、ボードリー版(17)のイギリス古典物と、一フラン双書が若干。私が通り過ぎようとすると、連れの男の腕が私を引き止めた。

「これを買いたまえ！」私の顔をまともに見据えて、鋭い口調で彼は繰りかえすのだった。どこがどうというのではないが、その瞬間、私は残忍きわまる恐るべき力を感じたのである。思わず目を伏せ、膝がわななき……代金を支払ってしまった。重い荷物をやっとこさ担《かつ》いで歩き出しながら、私は心の中で念じるのだった、どうか、本好きの仲間に出遇いませんように。連中の物笑いの種になるのは目に見えている、こんな馬鹿げた買物をどう言いわけすればよいのか？

だが裏切り者はいつまでも私を物思いに耽らせてはおかなかった。二歩ばかり先へ行ったもう一軒の露店の前にわれわれは立ち止ったが、そこでは雑本の山に混って、少なくとも四、五冊のめぼしい本、たとえばかなりくたびれてはいるが見苦しくない文集類が見つかった。ゴドー(18)の『敬虔詩』まで目に入った、なるほど幾らか傷んでおり日焼けしていることも認めねばならないが、それでもその見事な印刷と味わい深い版画の口絵などから、捨て難い魅力を留めている。

「ご覧ください」と、奴隷が主人の歓心を買おうとするときの阿《おもね》るような調子で気ままな連れにむかって私は語りかけた。「ご覧ください、的さえはずさなければほんのわずかな努力で芸術的効果をあげられるということのお手本みたいじゃありませんか。この本は、むろん、素晴らしいなんていえた代物じゃありません、でも存在価値は充分あります。口絵を工夫し、制作したのは、まぎれもなく一個の芸術家です。結局、自分よりうんと見劣りする詩人の作品にたいして、このようなかたちで敬意を捧げるというのは、詩というものを大いに尊敬している証拠じゃありませんか」

しかし期待していた賛同の身ぶり、でなくともせめて微笑くらいはと思ったのに、それに代って私が受け取ったのはすげない断固たる口調の命令だけだった。「これを買いたまえ！」とカプフィグ[19]の『王政復古史』の上に指をじかに押し当てて、悪魔は私にむかって言いだしたのである。私は身震いした。

「なんですって？」辟易して私は叫んだ。「あれを買えですって！　どうしてまた？　あんなものどうしろっていうんです？　おお、お助けを！」

「買いたまえ！」と悪魔は答えて、「それからあれもだ！」

「なんですって？　フランス学士院会員、エグナン[20]の雑文集をですか？」

「買うんだ、それからあそこにあるやつらだ！」……

「ああ！　なんてことを！　レオン・ティエセ[21]の文芸論集ですって！」

「買いたまえ、つべこべ言わずに！」

かくして、カプフィグ、エグナン、レオン・ティエセの十二冊に、十冊物のパイヨ・ド・モンタベール[22]が加わり、一千ページになんなんとする書物で私の両腕はふくれあがったのである。

Ⅶ　一の圏

私は相手の意のままに振り廻されていた、それでもそこは生粋のフランス人らしく、自分の上にのしかかった圧制について、あれやこれや自問自答することを怠らなかった。いずれは、とシャルル・ボードレールの一節を思い浮かべながら考えるのだった、〈この気ちがいじみた馬鹿馬鹿しい遊戯〉にも終りがあるはずだ。言いなりになっておれば、そのうちにご褒美にありつけないものでもない。そこで、私の絶対的審判者のお気に召すよう、さっそく快活な様子をとりつくろうと、まるで何事もなかったかのように、せいぜい豊富な話題を取り上げて話しだしたのである。要するに、この不可思議な男は、たとえ悪魔であろうと吸血鬼であろうと、愛書家であることには間違いないのだ。その物腰、風体、薄ら笑い、何もかもがこの道の玄人、それもずばぬけた玄人のものだった。この男にも、蒐集癖が、弱みがあるはずだ。そいつを探し当てさえすればよいのだ。愛好家の皮膚の感じやすい個所を手早くひとつ残らず撫でまわして彼を狼狽《うろた》えさせるという新戦術に私はとりかかったのである。悪魔はろくすっぽ返答もしなかったが、聞いていることは確かだった、それにわれわれの左手に軒を並べている、他の物騒な店々の前を通りかかっても彼がいっこうに私を引き止めようとしないのを見て、私はほっと胸を撫で下ろすのだった。揺籃期本《インキュナビュラ》(23)の書目についての新説を披露し終ると私の手持ちの弾丸もほとんど底をついてしまった。とそのときになって彼は残虐な高笑いで私の話を断ち切るのだった。

「あれを買いたまえ！」歯ぎしりまじりに命令を下すのだ。

なんと！　あろうことか！　それはアルセーヌ・ウーセイ(24)の『草叢の蛇』だった。

「お助けを！」思わず私はカプフィグとティエセを手から取り落し、悲鳴を上げた。

「買うのだ！」もう一度彼は繰りかえすのだった。「どうってことはない、著者の肉筆献辞入り、頁も切ってない本が僅か五十サンチームだ。めったにこういう幸運がころがってるもんじゃない」

その古本屋の主人は、初めて見る顔だったが、近寄ってくると猫なで声で、

「アルセーヌ・ウーセイ氏の作品《もの》をお集めでしたら向こうの売り台の下にもまだ、同じ著者の、『捨てられた十一人の情婦』が押し込んでありますよ、ほかに『シュザンヌ』も、『ファニー』も、『眠りの森の美女』も」

「買うのだ！」悪魔が私にむかって言いつけた。「買うのだ、『眠りの森の美女』も、『シュザンヌ』も、『ファニー』も、そして『捨てられた十一人』も！」

もうお手あげだった。これだけの新しい掘出し物を担ぐちからが私のどこに残っていたのか今もってわからない。悪魔は底意地の悪い知恵を発揮して、私の両腋の下やポケットの中へ何冊かずつ滑り込ませ、残りを小さな包みにまとめると、私のコートの背ボタンに紐でぶらさげた。

ことここに到って私は、驚いたり愚痴ったりするのを止《よ》し、一切を耐え忍ぶ覚悟を固めたのである。

Ⅷ　なべての希望《のぞみ》を捨てよ

河岸の店頭に一軒のこらず同じような掘出し物が転がっているというわけではない。富める店もあれば貧しい店もあり、収穫の豊富な店もあれば皆無な店もある。毎日毎日新しく入れ替えられる、保存の良い本が眩いばかりに並んでいる店があるかと思えば、また一方には何カ月経とうが何年経とうがいっこうに変わらず、陽に焼け、風に晒され、パサパサになるがまま、虫喰いだらけの雑本をいつまでも積み上げている、見るも惨《いた》ましい店がある。

先の買物を済ませ、次にわれわれが出くわしたのがそんな店だった。いうなれば猫の額ほどの休閑地。「経度学会」年報や、時代の経った報告書の類が散らかって、灰色からピンク色に至る中間色でところどころ翳らされている畑地。

疲労困憊し、無惨な思いを味わっていたにもかかわらず、この荒涼たる平原と、その番をする痩せ衰えて見る影もない老人に私は哀れをそそられた。この嘆かわしい単調さにかかっては、私を苛めぬいている男の鋭い眼《まなこ》をもってしても、おそらく、如何ともし難いだろう。

どう見てもこれでは選択のしようもなく、彼の悪魔のような底意地の悪さもついにお手上げというものだ。

なんと！　恐るべき小躍りと、残酷な歓声によって、私は自分が誤っていたことを悟らされたのである。

「ぜんぶ買うんだ！」轟き渡るような声で彼は私にむかって叫ぶのだった。

「なんですって？」弱々しく、私は聞きかえした。

「ぜんぶ、ぜんぶ、何もかも買うんだ！」

一冊につき二十五、二十、或いは十サンチームといった具合に、交渉が成立し、本箱の中味は総額で七、八十フ

ランに達した。

「でも、もう金がありませんよ」私は呟くのだった。

「住所を言っとけばいい！」

そう言うと彼は元気潑剌たる動作で、次から次へ、一冊残らず引っ掴み、私の頭上に積み上げにかかるのだった。

この時の私の顔つきといったら一体どんなだったろうか？　おそらく滑稽で、見られたものではなかっただろう。

悪魔は嬉しさに自分を制しきれない様子だった。さも楽しげに私の前方を跳ねまわり、一足ごとに立ち止っては、膝の間で激しく揉手しながら、私の顔を覗き込むのだった。

「疲れたかね？　我慢するんだ！　もうすこしで荷を下ろせるからな」

万事休すである。

Ⅸ　二の圏

われわれは新橋《ポン・ヌフ》にさしかかった。貨幣通《リュー・ド・ラ・モネー》りに出る。左側の一軒目の家で、悪魔は私をわきへ引き寄せると、階段に押し上げた。踊り場を二つ過ぎたところで、部屋の中に入った。そこは、気がつくと、私がいつも仕事を頼んでいる、名の知れた製本家L＊＊の店だった。なんとも奇妙なお荷物が舞い込んだのを見てL＊＊は目を丸くした。悪魔が、後ろに立って、次のような言葉を囁くと、まるで彼が実際に私の口を通して喋りでもしたように、無意識のうちに私はそれを繰りかえしているのだった。

「これを一揃え特別誂えでお願いしたい。どの本もみな……極上本……私にとって非常に大切な……とびきり珍しい……長年探し求めてきた本ばかりだ……総革装で……波紋絹《モアレ》で裏打ちして……背は格間《ごうま》にわかれた箔押し、花模様で、ふちにはレース模様を入れ。昼夜兼行で職人衆を総動員してやってもらいたい。必要なら費用は倍かかってもよい……品物と引き換えに支払う」

この最後の言葉に幾らか胸を撫でおろして、L＊＊は細部のとりきめを望んだ。

「さあ、行こう！」と、私を引っぱりながら悪魔は言うのだった。「話はすっかりまとまった。それより競売に遅れてしまうぞ！」

「競売って、どこの？」通りにでると私は恐るおそる問質《といただ》した。

「どこのだって？　きみ！　忘れてしまったのかね？　今日は四月の十四日、X氏の売り立ての七日目だよ……シルヴェストルの店で(25)」

「おお！　そうだった！」思わず叫び声を上げ、「今日のために目録《カタログ》にいっぱい印をつけておいたんだ！　でも肝心の目録《カタログ》を、持ってこなかった！」

「どこに置いてきたのかね？」

「机の上です」

悪魔は両腕を後へ突き出した、するとそれはスーッと伸びて先が見えなくなったかと思うと、一分もたたないうちに、印のついた場所で開かれたままの私の目録を持ち帰っていた。

その間もわれわれは立ちどまらず歩き続けていた。シルヴェストルの競売室へ近づくにつれて、腕に何かを抱えこんだような姿勢で足早に通り去っていく幾つもの人影が目につきだした。

「七八六番がまだ売れずに残っていてくれるといいんだが」

「さあ、急ごう！」悪魔が私にむかって言った。

X　三の圏

競売室はおきまりの様相を呈していた。競り台では、デルベルグ＝コルモン(26)氏と見紛うような顔付きの競売人《ふり》が型通りの木槌を振りまわしており、その左手には、名誉ある世話人の地味な装いから外れた薄茶色のフロックコートを着込んでいるのでなければ、ポティエ(27)氏と勘違いしそうな一人物が控えている。

出席者の数は多く、選り抜きの顔ぶれがそろっていた。勉強熱心な書店の主人は一人残らず集まっていた。皆んな私には馴染みの連中ばかりだ。テシュネル(28)、ベリヨン、ボサンジュ、エドウィン＝トロス、パノラマ通りに瀟洒な店を構えているカーン、オーブレー、ポルケ、ギユモ、フランス、〈書物王国〉の武芸試合で勇名を轟かせている女戦士、エノー夫人。ロスチャイルド氏の御用書店主という幸運を射止めたデュラン。バンジャマン・デュプラ、其他お歴々がこの厳粛な催しに集合していた。

「十二フラン」わめき役が叫んでいた。「十二フラン！　他にどなたかおられませんか」

「さあ、どなたか？」

私は横にひかえている男の顔色をうかがった。

「落札です！」競売人は告げ、打ち下ろした木槌のひびきが私の胸に突きささった。つづいて世話人が呼び上げたのは、七八六番だった。

有難い、間に合ったのだ！

こう言ってはなんだが、口あけの付け値の小銃射撃など、私としてはまったく眼中に入れていなかった。ひやかし半分の連中や、成り行きまかせの、或は欲の皮のつっぱった奴らが、試合開始に先立ってくりひろげる予行演習、そんなものにかかわりあうつもりは最初から持ち合わせていない。自分の付け値を打ち出す潮時を待ちながら、その愛らしい小型本が手から手へと渡されるのを私は見まもっていた。この瞬間には、嘆きも、疲れも、そして河岸での悪夢も忘れ去ってしまっていた。間もなく自分のものになる対象を目の前にした恋する男のような悦ばしい心境だった。

「おお、なんと魅惑的な可愛らしい本だろう！」と私は呟くのだった。「一七九七年、ディドー[29]刊行、見事な刷りの、可愛らしい『マノン・レスコー』！　汝をかくも最高の状態に保存し、手入れし、暗褐色のモロッコ革を纏わせ、かくも手頃な寸法に仕上げた愛書家氏に祝福あれ！　汝を綴じた製本師、洗い清め、礬水《どうさ》を引いた職人[30]に祝福あれ！」なに！　百年そこそこ以前に刷られた『マノン・レスコー』が、それほど稀少なしろものか、と人は思うだろう。おそらく、その通りだ。だがそれよりも何よりも、この惚れぼれするような版本を手にとって、よくご覧になったことがおありだろうか？　考えてもみたまえ、この一冊はベラム紙に刷られており、三枚つづきの初刷り版画が、それぞれ画題入りで、しかも銅版を破棄したうえで挿入されているのである。それに暗褐色のモロッコ革。実際、そこに持ち出されたのはフランス小説のコレクションに加えるにまったく不足はない珠玉の品だった。二ルイ（四十フラン）の値打ちは充分あるし、私もその本の代価としてはそれぐらいは気前よく出す心づもりだった。最初二十フランの付け値で競り台の上に置かれたその本は、いちど十二フランまで下がったが、再び十五フラン、二十フランと登り、二十五フランまで競り上がった。いよいよ時節到来である。私は気持ちを静めると、はっきりした声で叫んだ。

「三十フラン！」

あろうことか！　私の声、紛れもない私自身の声が口から飛び出し、「五十フラン」と言い渡したのには、驚きのあまり、そのまま開いた口が塞がらなかった。

舌が滑ったのか？　本当に私が言ったのだろうか？

とほとんど間髪を入れず、私の右隣りで、私がちょっとの間注意を払うのを怠っていた悪魔がこう応じたのである。

「六十フラン！」

「なんだと！　この人でなしめ！」口の中で私は舌うちした。「俺の付け値を抑える気か？」

すると、こちらにそのつもりはないのに、それこそ無意識のうちに、私の声、私自身の声がきっぱりした口調でこう言い放っていたのである。「七十！」

周章《あわ》てて、私は必死になって、この間違った付け値を取り消そうと努めた、が駄目だった。

口をきくことも、身動きすることも叶わなかった。

「八十フラン」悪魔のやつは企みをひそめた顔つきで私を見まもりながら、こう言ってのけるのだった。

そしてそれから後は悪魔一人が、或る時は自分の声、或る時は私の声と使い分けながら、二つの付け値の追いかけっこを続けるのだった。

「九十だ！」

「百！」

「百五十だ！」

「二百！」

「二百五十だ！」

「三百！」

この途方もない付け値を聞いて、競り台の近くの見物人たちは、伝えるところによれば、シャラブル侯爵[31]がマルス嬢に遺したかの有名な聖書の中に忍び込ませてあったとかいうように、ページのあいだに札束でも綴じ込んであるのではなかろうかと、問題の本を手から手へと回覧して、調べ始めた。

けっきょくなにも見つからず、この人騒がせな書物は若干稀少価値のある版の、少しばかり保存程度の良い一冊に過ぎないということが確認されると、彼らは胸を撫でおろし、あとはもう球戯の好試合でも観戦するような、或いは名優の演じる笑劇でも楽しむような雰囲気で、好奇心をむきだしにしてこの血塗れの争いに加わるのだった。

悪賢い腹話術師がさらに値をつり上げるたびに、連中の眼が輝き、その口が隣の男の耳のほうに忍び寄るのが見えた。

「四百フラン！」

「四百と五十！」

「五百フラン！」

「六百、七百、八百、九百！」

「千フランだ！」

「千百五十！」

「千二百！」

ここで悪魔は気も動転したかのように、態《わざ》とらしく額を拭うと、病人のように弱々しく低い跡切れ跡切れの声で、

「千、三百と、五十！」

次に、響き渡れとばかりに私の声で、

「千五百フランだ‼」

「千五百フラン！」競売人《ふり》が叫んだ。「右のお方、これ以上はございませんか？」

「間違いありませんね？」と愛想よく私の方を見ながら彼はつけ加えた。「千五百フランで貴方に落ちました！」

悪魔はといえば、すかさず周囲の一人が譲ってくれた椅子に、白々しく崩おれるふりをするのだった。

XI　惑乱

次に出てきたのは、私の大嫌いな本、レチフ・ド・ラ・ブルトンヌ(32)の『当世女』だった。普通よりはすこし状態が良い程度のその本は、四十フランで競り台の上に置かれた。私にとってそれがなんの関係があるというのか？　魂の底まで掻乱され、打ちひしがれ、正気ならば五十フラン割くのも惜しいような酔狂のために、少なくとも三ヵ月分の収入に相当する負債を背負《しょ》い込まされてしまった、馬鹿ばかしい悪戯が一刻も早く取り除かれることだけを私は願っていた。周囲の連中の競争心の前に恰好の餌として投げ与えられたこの新しい一口が、私に向けられた残酷な関心と無礼な好奇心をほかへ逸《そ》らせてくれるだろうと、甘く見積ってさえいたのである。ところが、私の期待に反して、相変らず皮肉な視線が私の上に注がれているのがわかった。レチフの『当世女』の値は、どんどん昇り続けていた。終盤近くになって、この忌わしい品物のために値を付けているのはたった二人だけで、ほかの人間は皆おりてしまったことに気がついた。吸血腹話術師が残酷な遊戯を続けており、そして私の意向と

かかわりなく、この嫌がらせの上にさらに彼の付け値の重みまで添えて、私の嫌悪の的《まと》である本を彼は私のために手に入れてくれたのである。
この突飛な行動の再発に、聴衆の喜びようたるやたいへんなものだった。彼らが頭をゆさぶり、ボタンが弾け飛ぶほど腹の皮を捩らせているのが目に入った。顰め面のジュリアンが涙を流して笑いこけている。ギュモがハンカチで目を拭っていた。オーブレーときては、恩知らずにも、拳固でテーブルを打ちならす始末だ。カーンは、椅子の上に飛び上がって、カフェでよくやるお得意の警句を連発している。たった一人テシュネル氏だけが、その気高い心を示すかのように、同情の籠った目で私を見つめていた。
聴衆の拍手の嵐と、笑いの渦の中で、レチフの

『当世女』は一千フランで私の手に落ちた。競売が続いているあいだ、私の前には馬鹿げた本ばかりが、それもいくら私が酔狂でもつけるはずのない高値で続々と流れ込むのだった。その日の競売の終りが告げられたとき、まわりの連中の間に膨らみ続けてきた歓喜は、突如、気ちがいじみた行動となって爆発した。彼らは皆んなして手を取り合い、私をかこんで、荒々しく獰猛な、おどけた輪舞を踊り始めたのである。輪の中心、私のわきに陣取って、悪魔の奴は、狂信僧のように旋回しながら、腕を振り回して、踊りの調子をととのえ、音頭を取っているように見受けられた。

その瞬間、私に口をきく力が戻ってきた。

「神かけて」と私は喚き立てるのだった。「こんなもの欲しくない。欲しくない！」

「きみのものさ」突然動きをとめると、悪魔は答えた。

「ぜんぶきみのもの、間違いなくきみのものだ！」

「だけど」私のほうはしどろもどろに、「さっきセーヌの露店で使った金は別にしても、それに製本屋に出した註文の払いも別にしても、ここだけで三万フラン以上の借金だ。これだけの大金をいったいどこで工面しろというんだ？」

「払うしかないな。当然、きみの蔵書、だいじな、ご自慢の蔵書は売り払うことになるだろうね！」

競り台の上に飛び乗ると、悪魔は威圧的な身振りで輪舞を止めさせ、場内にひびき渡れとばかりに、

「皆さんにお集まり願いたい！　この場所に於て、明日より連日、死が訪れるまで、さる文人の蔵書、貴重な粒よりの蔵書――諸君、二十年間片時も休まず探しつづけて集めた蔵書ですぞ――貴重本、珍本、掘出し物の山を競売に付します」

「待ってくれ」という私の異議申し立てなど聞かばこそ、熱狂した聴衆の咆哮で演説の声もかき消されんばかりだった。

「それを売り払ったところで六千フランがかつかつだ」

「失礼ですが」と、私の言葉にすっかり真顔になった競売人が、重々しく言いだした。「ご存じの通り、私どもでは必ず現金でお願いすることになっております。従って、ただいま私どもの店を通じて貴方がお買い上げになった品物にかんして、どのような支払い方法を取られるおつもりか明らかにしていただきませんと、お引きとり願うわけにいかないのですが」

「どうってことないさ」悪魔は残酷に言い放つのだった。「きみにも友達や親戚や家族がいるだろう。彼らが一丸となって、モロッコ人（書物の装幀材料モロッコ革にかけた洒落。古本屋のこと）の手からきみを奪い返

してくれるさ。しかしだ」と付けたして言うには、「差し当っては、一番確実な所から手をつけることにしようじゃないか。いざ進め、進め、書庫へ！」

不吉な歓声がそれに和した。そして私をもまじえて全員が、悪魔に導かれるまま、一斉に部屋を飛び出したのである。

XII　奈落の底

さながら雲霞のような一群が、河岸を突き抜け、芸術橋《ポン・デ・ザール》(33)を越え、私の住居めがけて襲いかかった。

つづいて略奪が、あらゆる愛書家の魂を震え戦かせる蹂躙が開始された。古本屋たちの一分隊は、悪魔の指揮で、私の根城へなだれ込むと、乱暴に書棚を開け放ち、中庭に待機している別分隊の連中に、私の本をごっそり抱え込んで、次ぎつぎと抛り投げるのだった。書物の雨が降りしきり、歩道にたたきつけられて角《かど》の潰れた本を、小学生の群のようにはしゃぎまくる追い剝ぎどもが掻き集め、バスケットに抛り込み、積み上げ、その上で葡萄酒醸造者がやるように踊りまくるのだった。

「もっと、もっとだ!」悪魔が声をかける。「あれもだ、ほら、これも! 洗いざらい、一冊残らず!」

「そんなら、私も諸共だ!」そう叫ぶなり、私は窓をめがけて身を躍らせようとした――

が悪魔の手が私を抑えつけた。

最後の一冊が中庭の敷石の上に落ちたとき、私は気を失ってしまった。残忍極まる追い剝ぎたちにもまだいくらか慈悲心が残っていたとみえ、私は服を脱がされ、ベッドへ運び込まれた。

XIII 復活

目をさますと、そばに、親しい友人のコンラッド・G＊＊がいるのに気がついた。

「ああ！」思わず私は話しかけるのだった。「よく来てくれたね！　だけど遅すぎた――すっかり持ってかれちまったよ！」

「遅すぎるとか、早すぎるとか、いったい何のことかね？」と答えるとコンラッドは、まだ一度も名前を耳にしたことがないロドルファ嬢とかいう女とうまく渡りをつけた手柄話を得々とやりだした。

「遅すぎたよ！」私のほうは同じことを繰りかえすのだった。

「それがまた美人なんだ。よかったら、彼女《あのこ》も招《よ》んで、シャンゼリゼで一緒に食事しないか、誘いに来たんだ。下に馬車を待たせてあるよ」

「なんてこった！　君はなにも知らないのか？」そこで私は自分にふりかかった出来事を彼に詳しく話しだした。だが彼は彼で自分の新しいお知り合いについての話をもう一度むしかえすのだった。会話はこんな調子でしばらく平行線に沿って続いた。私のほうは本のことや、災難のことや、それにまつわる話ばかりを取り上げ、そして彼は彼でロドルファのことばかりを話題にするのだった、まるで彼はロワール河（フランス最長の河）で私はヴィステュラ河（ポーランドの河）ででもあるかのように、お互いの水を混ぜ合わせることなど考えもつかないといったぐあいに。

結局はコンラッドのほうが、私の言葉に驚きあきれて、詳しく聞かせてほしいと言いだした。

そこで私は、読者諸賢に語ったよりはやや大雑把に、私の不運を彼に報告しだしたのである、が語り終らぬうちに、コンラッドは私の腕を取り上げていた。

「熱があるんだよ」と彼は言うのだった。「見ろよ、昨夜は一晩じゅう風が吹いて雨が降っていたのに、君は窓を開けたままで眠ってしまったんだ」

カーテンの背後で窓が半ば開いたままになっているのに気づいて私は啞然とするのだった。水が絨毯の上へ滴り落ち、本や、書類や、そして例の某競売の目録が私のベッドの足もとに吹き飛ばされていた。

「それじゃ――」言うなり、私はガバと弾ね起きた。

飛ぶようにして書棚の前へ行った。

無我夢中で扉を開けた。なにもかもそこに整然とおさまっていた。

大急ぎで着がえをすませると、私はコンラッドと馬車に乗り込んだ。そしてロドルファ嬢を交えて彼と昼食を共にしたのである。

彼女はまったく素晴らしい美人だ。

後日譚　愛書家煉獄

A・ラング

トーマス・ブリントンは猟書家だった。もとは切手や飾画《カット》を集めていたが、ごく早い時期に自分の踏み込んだ途の誤りに目覚めてからというものは、猟書一筋で通してきた。本漁りにはなんの害悪も認めていなかった。それどころか、その悦びをいささか偽善的なやり方で、狩猟や魚釣りの楽しみと対立させるのだった。例の有名な黒体活字《ブラック・レター》[1]愛好家G・スティーヴンズ[2]のもとに悪魔が迎えに現われたということも、彼は頑として信じようとはしなかった。どだいこの逸話を伝えるディブディン[3]ご本人からして（明らかにおっかなびっくりな語り口にもかかわらず）、なんとかしてこの恐ろしい話の信憑性を否定しようとかかっている。「彼の言葉遣いには」と、猟書家の末期《まつご》を述べた行《くだり》で、ディブディンは説明する。「罰当りな言葉が頻繁すぎたのだ」と。これだとどうやらディブディンは、紳士たるもの、あまりに頻繁だと困る、だが時たまならば罰当りな言葉を吐いてもかまわないとでも考えておられるみたいだ。続けて曰く、「私は、スティーヴンズの枕元に付添っていたというご婦人の証言を〈丸ごと〉認める気にはなれないし、彼の部屋の窓が打ち震え、真夜中に異様な物音やおどろおどろしい唸り声が聞こえたなどということは、たとえそれが私の〈偏見〉と呼ばれようと、どうにも信じられないのだが、とはいえ思慮分別を備えた人間が（この婦人は人並以上にその資質を備え合わせていた）呪詛の言葉を祈りの文句と取り違えるわけもない」云々。要するに、ディブディンは、魔人侍童《ゴブリン・ページ》(4)の呼び出しに応じて何者かが訪れた際のブランクスホルム館の旗幟よろしく、〈一陣の風だに無きに〉窓が打ち震えたと明らかに認めているのである。

しかしトーマス・ブリントンはかかる事柄には耳を貸そうともしなかった。趣味のおかげでよい運動ができるとうそぶいていた。なにしろ、他の連中が不経済なタクシーや不健康な地下鉄に乗り込んで旅をつづける間、彼のほうは旧市街《シティ》（ロンドンの旧市部約一マイル平方の地域で英国の金融・商業の中心地区）から西ケンジントンまでの道程を、古本屋の棚を漁るために、毎日歩いて通うのだから。とかく人は自分自身の道楽については贔屓目になりがちなもので、かく言う私自身、鯉や鱒は痛みを感じる能力がないものと決め込んでしまっている。しかし公正な道徳家の目からすれば、ブリントンの言い分が見せかけにすぎないことは一目瞭然であろう。彼の言う〈罪のない趣味〉は実際には地獄堕ちの大罪(5)をほとんど一つ残らず、いずれにしたところでそのうちの現在にも通用するものを数多く含んでいたからだ。たとえば隣人の蔵書を欲しがったことがないとはいえない。その機会があれば本を安く手に入れ、それを高値で売り払い、文学を商売の位置《レベル》にまで引き下げたこともある。古本屋の無知に付け込んだことも。嫉み深く、他人の幸運を怨み、失敗を喜ぶ。貧窮の訴えには俄か聾をきめ込む。贅沢好きで、自分一人の楽しみに分不相応な金を費やし、古いアランソン編みのレースなどを頭に描いて空しく嘆息する夫人を尻目に、度々モロッコ革を使って本を飾り立てる。貪欲で、傲慢で、嫉み深く、吝嗇《けち》で、そのくせ浪費家で、おまけに取り引きにかけては抜け目なく、教会が〈地獄堕ち〉と認める罪科のほとんどすべてにかんしてブリントンは有罪だった。

さてこれよりお聞かせする痛ましい物語の起こった前日も、ブリントンはいつもの罪の巡回路をうろついていた。ホリーウェル通りの或る古本屋から、エルゼヴィル版[6]の中でも非常に珍しいものだと踏んだ一冊を、二シリングの値段で買い取ったが、それは（意図から言えば）騙し取ったも同じだった。もっとも、家に帰り「ヴィレムス」[7]に当たってみると、彼が手に入れたのは頁数を示すアラビア数字が正しく刷られている悪い版[8]で、従って蒐集家にとってはまったく〈一文の〉値打ちもない代物であると判明したことも事実だが。しかし、問題はその意図にある、そしてブリントンの意図は紛れもなく詐欺的なものだった。自分の誤りを悟ったとき、その瞬間、「彼の言葉は」、ディブディン風に言えば、「呪詛の言葉となった」。さらによくないことには（これだけでも最悪なところへもってきて）、ブリントンはとある競売場へ出向いて、『モンテーニュ侯、ミッシェル随想録』（一五六九年、フォッパン刊）に値を入れにかかった、そして、興奮に駆られ、十五ポンドの大台にまで〈突入〉してしまったのである。彼にとって十五ポンドといえば、大世帯をかかえたけなげな御仁である、出入りのガス器具屋の付けがきれいに支払えるだけの金額なのに。そのあと、一人の友人（猟書家に友人がいるとしての話だが）、いや無法事業の共犯者の一人に出くわして、相手の顔が喜びで輝いているのをブリントンは見てとった。その気の毒な男は、狼人間や、火竜や、そのほかにも怖ろしい猛禽を描いた木版画入りの、古い小型本の『オラウス・マグヌス』[9]を手に入れ、この掘出し物にほくほくの体だった。ところがブリントンは、悪魔的な喜びを味わいながら、その男にむかって索引が不完全であることを指摘し、悲嘆に沈む彼をその場に残して立ち去るのだった。

　この上まださらにひどい事実が語られねばならない。トーマス・ブリントンは、蒐集方法の領域で、言うなれば、一つの新しい罪業を発見したのである。アリストファネスは彼のお気に入りのならず者の一人についてこう言っている。「彼は一悪漢たるにとどまらず、独創的悪業を一つ発見した」。ブリントンも然り。彼に言わせれば、名声を獲得するに至った人間はだれしもみな、出版したことを後になって悔み、回収につとめた詩集が、その生涯のいつの時期にか、必ず一冊はあるものだ。例外なく申し合わせたように、著者から一友人に当てた大げさな献辞の記された、これら若気の過ち《ペシエ・ド・ジュネス》とも言うべき不幸な書物、その回収もれ本を集めるのがブリントンの意地悪な楽しみだった。ジョン・マナーズ卿(10)の詩集は揃っていたし、ラスキン(11)氏のものすら手に入れていた。スミス(12)（現在のところは喜劇作家）の『絶望への賛歌』、また今では艶っぽさからはおよそ縁遠く、地道この上ない常任次官という職にあるブラウン(13)の『恋愛抒情詩』。国教会のさる高僧が発表し、回収に努めた艶歌集まで持っていた。ジョン・ブライト(14)氏の『護民官の詩』や、ヘンリー・ラブシェール(15)氏の『稚児に捧げる創作讃歌』なども、気長に漁っておればそのうち廻《めぐ》り会うだろう、というのが彼の口癖だった。

この日も彼は著者が万策を尽くして抹消に努めた恋愛詩集の一冊を首尾よく手に入れた、しかもその足でクラブへ出向くと、クラブのお傑方である、その著者の知人たちが居並ぶ前で、とりわけ滑稽な詩を選んで、声高に朗読に及んだのである。いやはや、これが思いやりのある行動といえるだろうか？　要するに、ブリントンは自らの不正の杯を満たしたのであり、そのとがが相応の罰が降りかかったとしても、驚くには当たらないだろう。その日は、例のエルゼヴィル版に関する失敗にもかかわらず、だいたいにおいて幸運な一日だった。クラブで贅沢な夕食をとり、家に帰ると、ぐっすり眠った。そして翌朝、ブリントンは旧市街《シティ》にある事務所にむかって家を出た。古本屋を軒なみ漁って行く楽しみがあるから、例によって徒歩である。最初に覗いた、ブロンプトン通りの一軒の店で、見切り品の棚の雑本をかきまわしている一人の男に出くわした。その男をブリントンは見つめた。どこか見覚えのあるような気がした、が思い違いだった。ところがいつの間にか彼は相手の瞳の輝きに魅せられてしまっているのだった。型通りの外套の上に見慣れない中折れ帽を目深に下ろしたこの〈見知らぬ男〉は、どうやら凄腕の催眠術師か、さもなければ読心術者、魔法使い、密教僧といった類の者らしかった。アイザックス氏[16]だとか、ザノニ[17]（同名の小説の主人公）、メンドーザ（『コドリングズバイ』中の人物）、『奇譚』の中の魂を失くした男、ホーム氏[18]、アーヴィング・ビショップ氏[19]、星体に入った仏教僧、その他諸々の歴史や物語に登場する神秘的人物たちの多くと似通ったところがあった。その〈恐るべき意思力〉の前に、ブリントンのちゃちな当世風自我は恥ずかしがり屋の子供のように縮み上がってしまった。〈見知らぬ男〉はブリントンのそばにすり寄ると、こう囁きかけるのだった。

「これを買いたまえ」

〈これ〉というのは、英訳の、アウエルバッハ[20]小説全集の揃い、言うまでもなく、ブリントンが自分の一存では夢にも買おうなどとは思わぬ代物である。

「買うのだ！」魔法使いめく男は残忍な囁き声で繰りかえすのだった。要求された額を支払い、ドイツ小説の嵩高《かさだか》い荷を引きずりながら、哀れなブリントンは悪魔の後に従って歩き出した。

一軒の店先にさしかかった。そこにはがらくたの山に混って、グラティニー[21]の『一放浪者の元旦』が晒されていた。

「ご覧なさい」ブリントンは話しかけた。「前々から欲しかった本なんですよ。グラティニーはここんところ珍しくなってきているところへもってきて、またバカに安い値段じゃありませんか」

「いいや、買うのはあれだ」そう言って、冷血漢が鉤形に曲がった人さし指を向けたのは、何巻とも数えきれないアリソン[22]の『ヨーロッパ史』だった。ブリントンは震えあがった。

「なんですって、あれを買えですって、またなんのために？　一体全体、あんなものをどうしろと言うんです？」

「買うんだ」と疫病神は繰りかえし、「それからあれもだ」（嵩高いシュリーマン[23]博士の『イリオス』を指さしながら）「それからこれもだ」（セオドア・アロイス・バックレイ氏訳の『古典双書』全揃いの方を指し示しながら）、「それからこれもだ」（故ヘイン・フリスウェル[24]氏の作品集と、グラッドストーン[25]氏の一冊では収まりきらぬ『生涯』に視線を向けながら）。

哀れなブリントンは支払いを済ませ、掘出し物を小脇にかかえ、とぼとぼと歩きだした。歩みにつれ、ぽろり、またぽろりと本がこぼれ落ちる。ある時はアリソンの一部が地上にどさり、ある時は『紳士的生涯』[26]が観念して土中に沈没するといった具合。そのつど〈魔法使い〉が丹念に拾い上げ、疲れはてたブリントンの腋の下に押し込むのだった。

ことここに到って生贄は、なるだけ愛想よく振舞い、自分をいためつけるこの男と話し合いにもっていく以外に途はないと観念したのである。

（この男が書物通であることは間違いない。とすれば必ずどこかに弱みがあるはずだ。）

そこで惨めな愛書家は精一杯巧みな話術を弄することに努めるのだった。製本のこと、マイオリ[27]のこと、グロリエ[28]のこと、ド・トゥー[29]のこと、ドローム[30]のこと、クロヴィス・エーヴ[31]のこと、ロジャー・ペイン[32]のこと、トローツ[33]のこと、はたまたボーゾネのことと、彼は語り続けた。初版本、黒体活字から、挿絵やカットについてまでも論じた。そして話題が聖書に及んだ、がそこまでくると彼の暴君はけわしい、そのくせ怯えたような目つきで、彼の話を断ち切ってしまった。

「あれを買え！」いまいまし気に言い放つのだった。〈あれ〉とは「民間伝承研究会」会報の全揃いだった。

ブリントンは民間伝承などに興味はなかった（ひねくれた心の持ち主はだれでも皆そうだが）、けれども言いつけどおりに振舞う他はなかった。

それから、息つく間も後悔する間もあらばこそ、ウィリアムズとチェイスの好訳になるアリストテレスの『倫理学』を買い込むようせき立てられるのだった。次に手に入ったのは、『ストラスモア』、『チャンドス』、『二国旗の下に』、『二つの小さな木靴』、その他何ダースにも及ぶウィーダ(34)の小説本だった。その隣の陳列台は、教科書や、古い地歴書や、ラテン語文集、アーノルドの『ギリシア語練習帳』、オランドルフ(35)本といった類で埋めつくされていた。

「全部買うのだ」凄味の効いた声で悪魔は命令した。そして書棚の本を片っぱしから引っつかんで、ブリントンの頭の上に積み上げるのだった。

ウィーダの小説を紐で二つの包みにしばって、ブリントンの外套の背中のボタンにぶらさげた。

「お疲れかな？」と疫病神は尋ねて、「くよくよしなさんな、もうすぐ降ろせるからな」

そう言うと、見知らぬ男は、呆れるような速さで、ブリントンを急立てながらホリーウェル通りを抜け、ストランド通り伝いにピカデリーまできて、やっと足をとめた。見るとそこはブリントンが常々贔屓にしている、有名な、そしてまた非常に値のはる製本屋の前である。

ブリントンの持ち込んだ宝の山を見て、製本屋が目をまるくしたのも無理はない。みじめなのはブリントンだった、いつの間にか、彼の意志とは関わりなく、いわば自動的に唇が動いて、こう喋っているのだった。

「掘出し物を持ってきたよ——非常に珍しい本ばかりだ——ひとつ最高の腕を振るって製本してもらいたい、費用のことは心配せずに。むろん、モロッコ革で、上等の艶だしモロッコ革で、飾り見返し《ドゥブレ》。全冊、小型箔押し模様《プチ・フェール》、たっぷり金箔を使って、私の家紋入りで。けちけちせずに。いつもみたいに、遅れないように頼む」というのもまったく世の中に製本屋くらい約束の期日を守らん人種はいないからである。

驚いた製本屋が一番肝心な質問をする暇もなくブリントンの疫病神は愛書家をせきたて部屋から連れ出してしまっていた。

「さあ、競売へ急ごう」男が叫んだ。

「何の競売です？」とブリントン。

「忘れたのか、ベックフォード[36]旧蔵本の売立てだ。今日はその十三日目、縁起のいい日だ」

「でも、カタログを持って来てない」

「どこにあるんだ？」

「家《うち》の、黒檀の本箱、右側の、上から三段目の棚です」

〈見知らぬ男〉は片腕を伸ばした、とそれはみるみるうちに長く伸びて角を曲がり見えなくなったかと思うと、たちまち手にカタログを摑んで戻ってきていた。二人はウェリントン街にあるサザビー商会[37]の競売場へと歩を速めた。大掛かりな書籍売り立ての光景はいずこも同じだ。熱心な競《せ》り手たちに取り巻かれた、細長いテーブルは、遠目にはルーレット台のように見え、同様の興奮をかもし出している。愛書家《アマチュア》は作戦に迷う。もしも彼が自分で値を入れれば、本屋の中にきっと高値をつけてくる者が現われるだろう。一つには本屋というものは、所詮、自分は本について無知であることを承知しており、愛書家《アマチュア》のほうが、この場合、もっとよく知っているのではないかという心理が働くからだ。かてて加えて、玄人というのは常に素人を毛嫌いするものだし、それにこの勝負では、彼らのほうに大いに分があるというものだ。このあたりの事情を充分に呑み込んでいるブリントンは、いつも仲買人《ブローカー》に代理を頼むことにしていた。がこのときの彼はまるで（無理もない話だが）自分の中に悪魔が入り込んだような心地だった。華麗な赤いヴェネチア・モロッコ革で装われた、カネヴァリ文庫[38]旧蔵本の、非常に珍しい騎士道物語、『勇敢なる騎士、白きティランテ[39]』が競りにかかっていた。これはヴェネチア版の中でも一番無いものの一つで、カネヴァリの家紋で美しく飾られていた——すっきりと上品に仕上がった図案。「緑の海を渡って戦車を駈るアポロ、その目指す岩礁の上では翼を広げたペガサスが地面を蹴立てている」この優美な図案をΟΡΘΩΣ ΚΑΙ ΜΗ ΛΟΞΙΩΣ（真直ぐ、曲がるなかれ）という銘文が取り囲んでいる。ふだんの心境ならブリントンは遠くから『白きティランテ』に見惚れているくらいがせいぜいだったろう。ところが今は、悪魔にそそのかされるまま、やにわに試合場に躍り込むと、古書籍業界のナポレオン、大物＊＊氏に彼は戦いを挑みだしたのである。すでに付け値は五百ポンドに達していた。

「六百ポンド」ブリントンは叫んだ。

「同じくギニーだ」と大物＊＊氏。

「七百ポンド」ブリントンの金切り声。

「ギニー」と相手が応じる。

こうして算術的対話が続けられ、乱心のブリントンの〈六千〉という掛け声に、さすがの＊＊氏も溜め息を漏らし、降参の旗を掲げるに至ってようやく終りを告げた。一冊の本の値としては前代未聞の高額に聴衆の間では歓声が湧き起こった。これでもまだ飽き足らぬと見え、そのあと高価な書物が競り台に現われる度ごとに、〈見知らぬ男〉はブリントンを強迫して＊＊氏と競り合わせるのだった。聴衆がブリントンは脳軟化症の初期段階にちがいないと考えたのも無理からぬことである。そういう男はよく自分が莫大な遺産を相続したと思い込み、それになりきってしまう例があるものだ。競売の終了を告げる木槌が振り下ろされた。ブリントンにはざっと五千ポンドの負債ができていた、そして悪魔の感化から醒めたとたんに、思わず彼はあたりに聞こえる悲鳴を発するのだった。「ああ、もう破産だ」

「だとすれば蔵書を売り払う他ないな」そう怒鳴りつけると〈見知らぬ男〉は、近くにあった椅子の上に跳び乗り、聴衆にむかって一場の演説をぶち出した。

「みなさん、ただ今より開かれます、ブリントン氏の蔵書売り立てに諸君をご招待いたします。その中には英国詩人のたいへん珍しい古版本をはじめ、フランス古典の初版本が多数、アルドゥス版(40)の珍しいものはほぼすべて、それにアメリカ関係文献の珍品の揃いなども含まれています」

たちまち、まるで魔法にかけられでもしたように、競売場の周囲の本棚は、それぞれ三十冊ずつぐらいの大きな山に束ねられたブリントンの蔵書で埋められるのだった。古ぼけたフランス語の辞典や教本と一緒にモリエールの初期本が縛りあげられていた。シェークスピアの四つ折本《クアトロ》はボロボロになった駅売小説と同じ山の中だった。彼の〈ほとんど天下の孤本とも言える）リチャード・バーンフィールド[41]のいとも『やさしい羊飼い』が『ドイツの作業場からの木屑[42]』の端本や、『トム・ブラウンの学生時代[43]』の不完全本と一緒くたに縛られている。フックス[44]の『アマンダ』はアメリカの説教集の山の下敷きになって、そこでエルゼヴィル版のタキトゥスやアルドウス版『ヒュプンエロトマキア[45]』の仲間入りをしている。競り手は一山いくらで次々と売りに出していったが、〈馴れ合い競売〉以外の何物でもないことがブリントンにははっきりと見て取れた。彼がいちばん大切にしていた戦利品までが屑同然の値で手離されるのだった。自分の蔵書の売り立て現場に居合わすのは恐ろしいことだ。誰一人として二、三シリング以上の値をつけようとはしなかった。この馴れ合い競売が終ったあと、分捕品はにたにた笑いを浮かべた競り手たちの間で分配されることになるのは目に見えている。最後に、ロルティック[46]が製本した、『アドネイース[47]』のアンカット本[48]が、何冊かの古いブラッドショー[49]と、一八八一年版の『法廷便覧』と、『日曜家庭[50]』の散《ばら》と連れ立って、六ペンスで消えて行った。〈見知らぬ男〉の顔に一段と意地の悪い微笑が浮かんだ。ブリントンは思わず躍り上がって抗議しようとした。すると突然、部屋の中がグラグラ揺れ出したように思えた、だけど言葉のほうは一向に口をついて出ないのだった。

　やがて、耳もとで馴染みの声がして、馴染みの手に肩をゆすぶられているのに彼は気がついた。

「トム、トム、なにを魘《うなさ》れているのよ！」

なんと、彼は自分の肘掛け椅子の中にいるのだった、夕食の後そこで眠りこけてしまったのである。そしてブリントン夫人が夫を悪夢から目覚めさせようと懸命に努めているところだった。彼の片脇には、一冊の書物が置かれていた。いわく、『シャルル・アスリノーが自ら体験し、記録に残せる、愛書家地獄』（一八六〇年、巴里タルデュー書店刊）。

もしもこれが通常の物語ならば、このあといかにしてブリントンの目が開かれ、書物蒐集から足を洗い、そして例えば庭作りや、政治といったものに凝りだしたかを述べねばならぬところだ。だが事実を語らぬわけにはいかない、すなわちブリントンの後悔はその週の終りにはもう跡かたもなく消え去ってしまい、朝食前に、こっそり人目を忍んで、クローダン氏(51)のカタログに印をつけている彼の姿があった。実際、人の良心の呵責など常にこの程度のものだ。「ランスロット(52)は再びその常の恋に落ちた」と騎士道物語にも語られているとおり。まこと、いみじくも、神学者たちが死の床での悔い改めの価値を認めないように、けだしそれだけがわれわれの決して取り消すことのない唯一の後悔なのである。それ以外はすべて、機会が来れば、また再びもとの恋に落ちて行くのを引き止める力のないものばかりだ。されば そのような恋が古本にたいする愛着以上に重症でないことを祈ろう！　ひとたび蒐集家となれば、常に蒐集家でいる他ない。Moi qui parle（かく言う私も）、同じ罪を犯し、抜け出そうともがき、再びはまり込んでいった一人である。カタログはことごとく、開きもしないまま、屑籠に投げ込んだ。サザビーやプティック[53]の競売場へむかう路には踏み込まぬようにした。古本屋は道を渡ってでも避けた。なるほど、予言者ニクラウス[54]ではないが、〈何週間かは堅実な男として通した〉。それから決定的な誘惑の瞬間が訪れ、エーザン[55]や、コシャンや[56]、古い魚釣りの本の甘い誘惑に屈してしまったのである。その銘句 Tanquam ventus（あたかも風の如く）、そして Quisque suos patimur Manes（われわれは各自おのれの運命を忍ぶ）を選んだとき、おそらくグロリエはこのような弱点を頭に描いていたのであろう。風の如くわれわれは定めない性《さが》であり、『アノネイス[57]』に描かれた人々同様、自らの放縦の結果を忍ぶより他に道はないのである。

フランスの愛書家たち——アンドルー・ラング著『書物と書物人』に拠る——

文学への関心とは別個に、書物をそれ自体独立したものとして観賞する、すなわちその外的形態、用紙、印刷、装幀などを愛《め》で、もっぱらその造形的美しさ、稀少性、保存程度などに書物の価値基準を置く伝統は、他のいかなるヨーロッパ諸国よりもフランスにおいて特に顕著であり、根強く行きわたっている。英国では出版人は実業家だが、フランスでは芸術家たらんとの抱負を持っている。イギリス人は読みたい本を図書館から借り出し、どのようなけばけばしい布装本をあてがわれても平気なものだ。フランスでは然《さ》にあらず、自分で本を買い、お気に入りの製本師にモロッコ革の表紙で装わせ、雅趣豊かな美しい図案を施し心ゆくまで造本の贅をつくすのである。彼の国では書物は終生の友。英国では一、二週間の客人にしかすぎない。フランスの文豪のうちには古書蒐集家として知られる人も少なくなく、書物への愛に関するまとまった文章を物している。フランスの文学と歴史は愛書家の運・不運、彼らの掘り出し物、発見、落胆にまつわる逸話であふれている。現時点でも、ちょっとした図書館くらい造れそうなほどの本にかんする本が私たちの眼前に横たわっている、――大判七巻本の『Bibliophile Français』『愛書家の歌える』『愛書道――一八七八年』『一愛書家の書斎』（一八八五年）、さらにジャナン、ノディエ、ベラルディ、ピーテル、ディドーらの手になる、初心者にとっては手引きとなり、印刷された紙に喜びを見出す人すべてにとって慰みとなる、偉大な蒐集家たちの十指に余る著作。

一口に書物への愛といっても、その現われかたには様々な違いがある。好みというのは気紛れな代物であり常に理屈で割り切れるものではないからだ。一冊の本の〈未裁断《アンカット》〉余白が半インチ広いか狭いかで五シリングから百ポンドもの価格の差が生じる。美しく製本されているゆえに熱心な探求者の群を集める本があるかと思えば、まったく製本師の手をくぐっていないゆえに同様の熱心さで奪い合われる本もある。この辺りの区別について門外漢はしばしばおかしな取り違えをしでかすことになる。いつだったか、「デイリー・テレグラフ」紙が或る蒐集家を俎上に乗せ、彼の蔵書はすべて〈アンカット〉本だというが、つまりご本人は一冊も読んだことがない明らかな証拠ではないか、と記者子が非難の刃を振るっていた。言うまでもないことだが、〈アンカット〉というのは頁の余白が製本家の裁断鋏によって切り詰められていないという意味にほかならない。古えの刊行者――エティエンヌ、アルドゥス、或いはルイ・エルゼヴィルの手を離れたときのままの状態でそれらの本を見たいと思うのは感情の問題だ。

書物にたいする情熱は感情的情熱であるために、自分でそれを味わったことのない人たちにはなかなか理解してはもらえない。感情は口で説明しにくいものだ。猟書家を理解しようとする場合、必ず頭に入れておかねばならないのは、彼にとって書物は、まずなによりも、〈聖遺物〉であるということ。敬愛する偉大な作家もまた、いま自分が目の前にしているのと同じ本を手に取り、同じ活字の配列を眺めたことがあると考えるのが楽しいのだ。例えば、モリエールが「一冊の本を出版することの苦労と、処女作の未熟さ」を初めて痛感したのは、『才女気取り』のこの版の校正刷りに手を入れていたときのことなのだ。或はまた、カンパネルラが拷問に痛めつけられた不自由な手で、彼の情熱的なソネットが収められているこの詩集のページをめくっているところも想像できる。さらにまた、これなる『テオクリトス』は、法皇レオ十世の閑暇を慰めるために、その異教的な趣味にあわせて美しい小姓が朗読して聞かせるのに使った本かもしれない。この『ガルガンチュア物語』は、焚刑に処せられた殉教者ドレがフランソワ・ラブレー大人のために印行した（無断で盗用したと言うべきか！）ものの一冊なのだ。絞首台に三人の泥棒がぶら下っている木版画入りのこの悲痛な譚詩集は、あやうく「フランソワ・ヴィヨンの最後の語りと告白」になるところだったのだ。このみすぼらしい造本の『聖アグネス祭前夜』（キーツの詩集）は、海賊船の舳先が「ドン・ジュアン号」の横腹に衝突したとき、シェリーが二つに折り曲げてポケットに突っ込んでいたものとまったく同じ代物なのだ。稀覯本のなかにはこうした由縁を持つものがあり、それが私たちをして近代の翻刻版よりも作者を身近なものに感じさせてくれる。愛書家は言うだろう、自分たちは初期の〈異本〉に愛着を持つのだと――すなわち、作家の最初の発想、後に訂正される未熟な表現。確かにこれらの〈異本〉には、とりわけそれが大家の傑作である場合は、それなりの文学的価値がある、だけど、結局、根底にあるのは感情なのだ。

異なった経路で聖遺物となる本もある。それは著名人の旧蔵になる本――印刷術発明以後の数世紀を貫く一本の鎖（愛書家の黄金の系譜）を形作る名だたる蒐集家たちの旧蔵本である。グロリエ、ド・トゥー、宰相コルベール、ラ・ヴァリエール公、近いところではシャルル・ノディエ、ディドー氏、その他、枚挙に遑《いとま》ないほどだ。さらに、国王たちの旧蔵本、フランソワ一世、アンリ三世、ルイ十四世など。これらの君主たちはそれぞれお気に入りの紋章を持っていた。そしてニコラ・エーヴ、パドループ、ドローム等の名匠が彼らの蔵書をモロッコ革で美しく飾り立てた――放蕩者の信心家アンリ三世のためには大腿骨を十字に組んで、その上に十字架を配し（死の象徴）、さらにキリスト磔刑図を添え、フランソワ一世のためには火炎獣《サラマンダー》を押型し、〈朕は国家なり〉と豪語した君主のためにはフランス王家の紋所である百合の花を散りばめ。その他に高貴な麗人たちの聖遺物がある。マルグリット・ダングレームの蔵書の表紙は黄金の雛菊。マリー・アントワネットの夥しい蔵書はその符丁で飾られ、デュ・バリー夫人が急ごしらえの書庫へ喜んで迎え入れたのもむべなるかなと思わせる。ルイ十五世の三人娘は淡黄、赤、黄緑の三色のモロッコ革を愛用し、彼女たちの旧蔵本はド・トゥーの蜜蜂、あるいは滑稽な名声を留《とど》めているコタン神父、すなわちモリエールの喜劇の中のトリソッタンの大文字のCと小文字のcが絡みあった図案が描かれた本と同じくらいの値打ちがある。確かにこれらの本には一種の人間的な味わいがあり、私たちの指は、それに触れるとき、国王や枢機卿、学者や艶人《コケット》、衒学者や、詩人や、才女たち、すなわち過去の一般大衆とともに忘れ去られてしまうことのない人たちの手との遥かなる触れ合いを思い描いてかすかな戦慄《わななき》を覚えるのである。

グロリエ旧蔵アルドウス版表紙（1559年刊）

　美しい本を愛することのかくも烈しく盛んなフランス、それは

〈本気ちがいのフランス史〉といったものすら書けそうなほどだ。かの国の支配者たち、国王、枢機卿、貴婦人たちは蒐集に時間をさく余裕を持っていた。それほど昔にまで、〈大足の〉ベルト（シャルマーニュ大帝の母）が糸を紡ぎ、シャルマーニュ大帝が芸術愛好家だった時代にまで遡らなくとも、宮廷の礼儀に則って、一人の貴婦人で始まるフランス愛書道の歴史的挿話のうちのいくつかを実例として掲げるのはいとも簡単なことである。「女性は愛書家たり得るか？」これは愛書家として名高い劇作家、〈通俗劇のコルネーユ〉こと、ギルベール・ド・ピクセレクールが週に一度催した朝食会で一度議論された問題だ。論議はやがて「一人の人間が一度に何冊の本を愛せるか？」に発展した。しかしフランスの女性（さらにエステ皇女の例で分かるように、イタリアの女性も）真の愛書家たり得ることは歴史が証明している。ディアヌ・ド・ポアティエは愛書道の隠れもない保護者だった。このアンリ二世の愛人は、豪奢な城に、活版印刷術の初期の精華を集めた蔵書を擁していた。彼女の興味の対象は歌謡、戯曲、物語、神学と幅広い範囲に亙っていた。宗教関係の書物は淡黄色のモロッコ革で装幀して、紋章を箔押しし、銀の留金で閉じられていた。他のすべてにおいてそうであったように、書物への愛においても、ディアヌとアンリ二世は一心同体であった。彼らの蔵書の表紙には打ち違いのHとDが散りばめられ、そしてディアヌ（古代神話では月の女神）の新月のまわりに、或は彼女がその処女神の名にちなんで紋所に使った箙《えびら》と矢と弓のまわりに、フランス国家の紋章、百合の花をからませている。アンリとディアヌの蔵書は一七二三年までアネット城に在ったが、同年コンデ皇女の死とともに分散した。大部分は名高いかのギュイヨン夫人の息子の買い上げるところとなったが、それも現在では四散してしまった。著名な愛書家レオポルド・ドゥブル氏が数冊を所持しておられるよし。

アンリ三世の場合は、どうも、愛書家の名に価するとは言い難いようだ。自分用に念入り極まる装幀を施された蔵書の頁を彼は一度として開いたことがなかったにちがいない。尤もかの偉大な歴史家アレクサンドル・デュマは、王の勉学についてはるかに好意的な見解をとり、『モンソローの奥方』の中で、学識豊かな君主として紹介してはいるが。彼が書物の内容に関心を持ったかどうかはさておき、その蔵書は病的な好奇心すらかきたてずにおかない一人物の興味津々たる聖遺物といえる。これほど堕落した無能な男が王位についたためしはない。とはいえ、アリストテレスが語っている悪党同様、アンリ三世は〈悔恨に溢れた人間〉であった。見苦しい酒宴で踊り痴けていないときの彼はきまって礼拝堂でひざまずいていた。手元にある図版に彼の蔵書の一冊が載っているが、それを見ると表紙の四隅には彼の紋章と王冠があしらわれている。しかし中央部分は「受胎告知」図が占め、裏表紙にはキリスト磔刑図と剣に貫かれて血を滴らす心臓が描かれている。彼の座右銘はしゃれこうべにMemento Mori（死を忘れるな）、あるいはSpes mea Deus（わが希望は神なり）という銘句を組み合わせたものだった。まだアンジュ公の身分だったころ、アンリはコンデ皇女、マリー・ド・クレーヴに恋した。その彼女の突然の死に際して、信仰の場合と同じく、彼は製本師の小さな鉄鏝《プチ・フエール》（箔押し）の手を借りて悲しみを表現した。月桂樹の花環にかこまれたマリーの頭文字を蔵書の表紙に箔押しして。天の角《かど》にはしゃれこうべと髑髏十字が描かれ、もう一つの角には〈死は吾れにとって命〉の銘句。いっぽう涙をあらわす二つの渦巻き模様が地の両隅を埋めている。アンリ三世の旧蔵本は、たとえ文学的にはなんら価値のないものでも、高値を呼ぶ。最近ロンドンの或る競売で、彼の敬虔な紋章で飾られたくだらぬ神学書に一二〇ポンドの値がついたことでもわかるだろう。

あらゆる芸術の保護者であったフランソワ一世は、当然、美装本の愛好者でもあった。書物の運命を物語って興味深い一例は、このフランソワ一世にヴェネチアの偉大な刊行者アルドウスが贈った大形本ホメロスの顚末だ。書物蒐集よりも馬主としての名のほうが高かった故ハステングス侯爵の死後、その財産が競売に付された。アルドウスの伝記作者アンブロワーズ・フィルマン・ディドー氏はフランス人のいわゆる嗅覚、すなわち愛書家の勘で、侯爵の所持品のなかに何かありそうだと推測した。そこで遥ばるイギリスまで、競売の行われるイギリスの一田舎町へ代理人を派遣した。ディドー氏は報いられるところがあった。黴臭い物置きから引きずり出された本の束のなかに、まだ元の装幀がくっついている紛れもないフランソワ一世旧蔵本のアルドウス版ホメロスが混じっていたのである。ディドー氏はこの貴重な聖遺物を買い取り、フェルティヨー氏（愛書家を歌った詩百篇の著者）が本の病院と呼ぶ所へ送った。

Le dos humide, je l'éponge;
Où manque un coin, vite une allonge,
Pour tous j'ai maison de santé.

水をかぶっておれば、海綿で湿気を拭き取り、
角がとれておれば、急いで接ぎたし、
皆んなのために、私は病院を用意する。

もちろん、ディドー氏が自分でこの素人手術を施したのではなく、高級貴族や、百万長者や、ロスチャイルド家のための仕事を専門にしている名高い製本師の一人の手をわずらわせ、フランソワ一世の紋章と銘句を修復したのである。

宗教戦争とフロンドの乱の時期は、書物蒐集に時間を費すような人がほとんどいなかった

のも無理からぬことだ。目ぼしい例外は宰相リシュリュー、それにマザラン枢機卿であり、後者は彼専用の蒐書係、ガブリエル・ノーデという、露天古本屋とすすけた場末の疲れを知らぬ探索人をかかえていた。一六六四年、才学ともに勝れた著述家で、〈魔術師の嫌疑をかけられた偉人たち〉のための弁護者でもあったノーデは、『蔵書設立のための助言』の第二版を刊行し、彼こそは真の狩猟好き、名狩人（書物の）であることを神の御前に証明した。蒐集家へのノーデの助言はすこぶる興味深いものだ。装幀のことは彼はそれほど気にかけない態度《ポーズ》を取り、もっぱら書物の表紙と字くばりにばかり関心をもつローマの本好きたちを非難するセネカの文章を引用している。実を明かせばノーデは、マザランの富を後盾に、現存する枢機卿の蔵書の名残りからも窺えるように、十七世紀初頭の美しい箔押し装幀の中心に彼の仕える枢機卿の法帽が赤や薄緑のモロッコ革の上で燦然ときらめくのを眺めるのが人後に落ちず好きだったのである。本を手に入れると、金に糸目をつけず豪華な衣裳をまとわせるのだった。購入のしかたも独特だった。恐らく名人モンクバーンズですら躊躇《ためら》うであろう綱渡り。彼お気に入りのやり方は、業者の言う〈思わく買い〉、一つの蔵書全体を卸値で一括購入してしまうのである。次に、愛書家への助言としてむさくるしい〈紙屑屋や古物商〉へ足しげく通うことを勧めている。そこでは彼がいみじくも述べている如く、仮綴じのままの――すなわち、未製本、未裁断の――稀書を見つけ出せることがある、ちょうどサイモンズ氏（J・A・サイモンズ。著名な文芸批評家。『シェリー評伝』の著者でもある）がブリストルの露店で『レイオンとシスナ』（シェリーの長詩。一八一八年刊）のアンカット本二部を一クラウンで手に入れたように。「他所では四十、あるいは五十クラウンもする品物を、四、五フランで手に入れることができる」、とノーデは言っている。この式でつい四、五年前にもポール・ラクロワ氏はルイ十四世旧蔵の『タルチュフ』を、パリの一古書店で二フランで手に入れている。現在おそらく二百ポンドはする代物だろう。だけど話題が現代の猟書家の楽しみへそれてしまったみたいだ。

古本屋の店のみならず、紙屑業者にまでもノーデは探索の手を伸ばしている。「こうしてポッジオは材木屋の店で『クインティリアヌス』を発見し、マッソンは或る製本師の店で『Agobardus』を掘り出した、その写本を製本師は店の本の継ぎはぎ用に使おうとしていたのである」。活躍中のノーデを目撃したことがあるらしいロッシイは、ヤード尺を携えて店に入り、嘆かわしいことには、エル単位で本を買い込んでいるノーデの姿を伝えている。「彼が通り過ぎたあとの本屋の荒廃ぶりは、さながらアッチラかタタール族が荒しまくったあとの町の有様のようであった……」。ノーデにも彼なりの悲運が襲いかかった。一六五二年、おそらくヨーロッパにおける最初の自由図書館――閲覧の権利に価するすべての人の前に開放された最初の図書館であったマザランの素晴らしい個人蔵書を没収処分に付する決定が議会においてなされたのである。愛書家なら目をそむけたくなるような痛ましい売り立ての有様が記録に残されている。権力の座に復するとともにマザランは再び蒐書に着手し、蔵書の数をふくらませ、それが今日《こんにち》も存在する「マザラン図書館」の母胎になった。

君主や法皇たちの中にまざって、愛書家であった一人の文学者、それも当代最高の作家と出会えるのは喜ばしいことである。モリエールの仇敵やライバルたちは――ド・ヴィゼ、ド・ヴィリエ、その他の輩――いつも彼の bouquins（古本）趣味をくさしている。bouquins という言葉の語源については言語学者たちの間に多少の意見の違いが見られるが、猟書家なら誰でもこの言葉の意味は知っている。〈古本〉とは、その獲物の値打ちがわかる狩人が訪れるのを、露天の雑物《がらくた》の間に混じって、雨と埃りのなかで、辛抱強く待っている〈目立たぬ、黒ずんだ、珍しい一冊〉のことである。こんなふうな場景を想像してみるのも楽しいことだ。ある日の夕方、上演禁止の憂き目にあった『タルチュフ』を、たぶん、どこかの貴人の館で朗読しての帰り途、それともブルゴーニュ侯邸でライバル役者の物真似をしてみせての帰り途、路次から路次を縫ってぶらぶら散歩するモリエール。例によってぼんやり瞑想に耽っているところへ、一軒の薄汚ない露天古本屋が彼を夢想から呼び醒ます。たちまち彼のレースの袖飾りは古い書冊の学問的埃りで汚される。たぶん彼はその蔵書のなかでこんにち残っているとわかっているただ一冊の書物――エルゼヴィル版の惚れぼれする小型本、*De Imperio Magni Mogolis.*（Lugd. Bat. 1651.）を見つけ出したのだ。エルゼヴィルが印行した袖珍版「共和国」双書の一巻である、この可愛らしい本の題扉に詩人は、〈一リーブル、一〇スー〉というその本の購入価格とともに「J・B・P・モリエール」と珍しい署名を記している。『女房学校』をめぐる喧喧囂囂の文学論争の最中《さなか》に乱れ飛んだ夥しい小冊子《パンフレット》の最後をしめくくる『滑稽な戦《いくさ》』の著者はこう言っている。「彼の手から逃れられる古本はなかった」と。スーリエ氏のおかげでモリエールの蔵書目録が発見されたものの、蔵書自体は姿を消してしまった。該目録には約三五〇冊が記されている、だけど現在では同じ重さの金塊よりもはるかに値のはる沢山の薄汚い古本をモリエール未亡人ががらくたと見做して（それが彼女たち女性の愛すべき欠陥であるが）取り除いてしまったということも充分考えられる。モリエールは二四〇冊に達するフランスおよびイタリアの喜劇台本を所有していた。それらから彼は随時自分に合ったねたを採取していたわけだ。他にも夥しい古典、歴史、哲学論文、モンテーニュの随想録、「プルータルコス」、それに聖書も混じっている。

愛書家にとって残念なことには、装幀におけるモリエールの好みについてはなにひとつわかっていない。革表紙の上に喜劇の仮面を箔押ししていたのだろうか（彼の標札にはその図案が彫り込まれていた）、それとも彼の紋章、真理の三面鏡で飾られた楯を支える二匹の猿の絵だったのか？　なるほど――ラ・ブリュイエールも語っているように――十七世紀の愛書家にしたところで愚かな部類の連中は現代における彼らの後継者と似たり寄ったりだったことはわかっている。「ある人が自分は本を沢山集めていると吹聴した」とラ・ブリュイエールは語っている（「流行について」）。「私は一見を請うた。その友人宅を訪れると、招き入れられた屋敷の中は、階段のあたりまでも彼の蔵書をくるんだ黒モロッコ革の強烈な匂いがたちこめ危うく私は卒倒してしまうところだった。彼のほうは私を元気づけるために耳もとでさまざまなことを喚き立てるのだった。どの本も〈天金〉だとか、〈美しい箔押しが施されている〉とか、〈保存のいい本ばかりだ〉とか、……そしてあげくの果てには、〈自分はどの本も開いてみたことはない〉、〈屋敷のこの部分へはめったに踏み込まない〉、〈どうぞ存分にご利用いただきたい！〉と。その親切に私は感謝の言葉を述べたが、彼が書斎と称する鞣革店に入るのは彼以上にまっぴらだった」。

ルイ十四世のすぐれた宰相であったコルベールは、ラ・ブリュイエールに馬鹿にされそうな種類の愛書家だった。読むということをせず、商売人みたいに、美しい書物を溜め込み、目を通す暇ができる日が訪れるまで待っているという蒐集家だった。グロリエ、ド・トゥー、マザラン以後、おそらくコルベールがヨーロッパ全体で最も見事な個人蔵書の持ち主だった。各国駐在フランス大使は彼のために稀覯書や手写本を手に入れるよう命じられ、トルコとの通商条約には王室御用製本師が使うリバント・モロッコ革を一定量要求するむねの一箇条をわざわざ付け加えさせたと言われるほどだ。当時イギリスはフランスが注目するような文学は持ち合わせていなかった。しかし、そんなイギリスにも、貴重文献が持ち込まれていたために、コルベールはフランス大使を責っついて、セント・ジェームズ街で行なわれた珍しい異端文献売立てで彼の代理人として入札させている。彼に取り入りたい連中は書物を贈り物にして接近し、メッス市は極め付きの珍品――名高い「メッス聖書」と、禿頭王シャルルの「祈禱書」を彼に献上した。エルゼヴィル家は特上版を彼のもとに贈呈し、そしてコルベールは恐らく自分の蔵書の中味よりも金ぴかの表紙のほうに目を引かれていたのであろうが、それはそれで少なくとも彼は数多くの貴重品を保存し後世に伝えたのである。これと同じことが、良からぬ風評はあるが、蒐集家には違いなかったデュボア枢機卿についても言えるだろう。それに引きかえ、ボシュエ（十七世紀の宗教家）は、彼が毛嫌いして、〈笑う輩の刑〉を宣告した、モリエールの一六八二年版一冊の他には、ほとんどまったくと言っていいほど興味を引くにたるものを残さなかった。特異な興味をそそるこの本すらも、久しく人前に姿を現わさず、ことによるともうこの世から消えてしまったのかもしれない。

コルベールやデュボアが書物を破壊から護ったとすれば、書物によって忘却から救われている蒐集家もけっこう少なくはない。ド・ホイムの外交的手腕のほうは忘れ去られてしまった。ロンジュピエールの戯曲作品は、そしてJ・B・ルソーとの論争も、一部文学史家に知られているにすぎない。これら偉大な好事家たちは金縁の永遠性、モロッコ革の不朽性を確保したのである。彼らの旧蔵本というだけで、いかながらくた作品でも馬鹿高い値がつく。エルゼヴィル版の古典作品は運よくいけば四シリングで手に入れることもできるが、もしその本にロンジュピエールの黄金の羊毛が描かれていたならば百ポンドは下らないだろう。しかし、その数々の宝物にもかかわらず、ロンジュピエールも、ド・ホイムも、マッカーシーも、ド・ラ・ヴァリエール公爵も、ルイ十五世のなおざりにされた娘たち、グラーユ、コーシュ、ロックらの前には生彩が薄れる。その可愛らしい本棚のなかに、薄緑や、淡黄や、また赤いモロッコ革の様々な装いのなかに、彼女らは僅かばかしの蒼白い慰めを見つけ出したのである。

名高い（書物蒐集の方面で）女性趣味人、ヴェリュー伯爵夫人は、ベックフォードの遺品が売りに出されたさい、リュジニャン城の女祖先、二つの姿を持つ妖精メリュジーヌのことを記した『メリュジーヌ物語』が三冊含まれていたが、そのうちの一部は彼女の旧蔵本であったことからしてもうなずける。書物蒐集趣味を真に理解した数少い女性の一人であるヴェリュー伯爵夫人は、一六七〇年一月十八日に生まれ、一七三六年十一月十八日に歿している。シャルル・ド・リュイヌと、その後妻アンヌ・ド・ロアンとの間にできた娘だった。わずか十三の歳にヴェリュー伯爵と結婚。その夫はいささか無謀な話だが、サヴォワ公ヴィクトル・アマデウスの宮廷へ彼女を引っぱり出した。ロンサールの言う、「十五の花」といった風情である。ロンサールの「アンジュの花」ほど伯爵夫人はつれない性《たち》ではなかったと思われるが。或る理由から、このうら若い貴婦人はトリノの宮廷を逃げ出し、パリへ舞い戻ると、そこに壮麗な屋敷を建て、選りすぐりの名士たちを迎え入れた。その伝記によると、伯爵夫人は学問・芸術を〈狂的なまでに〉(jusqu'au délire)愛し、同時代の家具調度類を蒐め、輝やかしい「東方《オリエント》」の青磁にも興味を持っていたという。黒檀の書棚には当時のすぐれた職人たちによって装幀された、一万八千巻に及ぶ書物が収まっていた。「現在を顧慮せず、未来を怯えず、優しい心根と寛大なあしらいで善行を施し、美を追い求め、芸術を庇護し、伯爵夫人は愛され、敬われ、静かで幸福な一生を過ごした」。その彼女はみずから記した墓碑

銘を残している。大雑把な意訳を試みると、

歓楽に心惹かれ、
確実を期して、地上に
その〈天国〉を選びし女《おみな》、
ここに確かなる眠りの中に横たわる。

大革命の間は、立派に装幀された本を好むというだけで、自分は貴族であるということを宣言するようなものであった。コンドルセにしても、彼が真の革命家ではなく、ただの教養人にすぎないことを暴露するきっかけになった、王室印刷所から刊行されたホラチウスの小型美本を廃棄してさえいたならば、断頭台の露と消えずにすんだかも知れない。夥しい蔵書が貴人の館から方々の露店古本屋へばらまかれた。革命の申し子たちは本の装幀を、金箔押しの紋章もろともちぎり捨ててしまった。進歩派の一著者は、それも一理あると言えるが、装幀技術は読書の最悪の敵であると言い切っている。勉学に際して彼は常に先ず取りかかろうとする本の背を引っ剝がすことから始めたという。この欺かわしい時代には製本技術はイ

ギリスへ落ち延び、トンプソンやロジャー・ペインといった、洗練よりは堅牢を旨とする技術家たちの手によって生き延びたのである。これは製本師が書物の表紙から貴人の紋章を切り取り、オックスフォードの某好事家の蒐集品のなかの一冊に見られるように、金めっきした自由の制帽を糊張りしなければならなかった災厄の時代である。

皇帝の位に登ったときナポレオンは、その騒然たる治世の中から文学を産み出させようと空しい努力を重ねた。彼自身が無類の小説好きときていた。常に目新しいものを追い求めたが、不幸にも、その時代の新作小説までがどうしようもない駄作ぞろいだった。図書係バルビエは、皇帝の行く先々へ真新しい読み物の包みを送るようにとの命を受けており、小説本の大きな荷がドイツ、スペイン、イタリア、ロシアにまでナポレオンの後を追っていった。征服者を喜ばせるのは容易なわざではなかった。本を読むのは馬車の中で、そして、二、三ページ目を通してみて、退屈なものは窓から投げ捨ててしまうのだった。お伽噺の親指太郎がまいていった白い石ではないが、小説本を手がかりに彼の後をつけることも出来たかもしれない。気の毒なバルビエは、日に二十冊も要求する小説熱に応じきれず、匙を投げてしまった。二年前の小説をごまかして押しつけようとしてみたが、ナポレオンはどれにもあまねく目を通しており、王者の蔑みを露骨に示して、二度と手に取ろうとはしなかった。彼専用の三千巻から成る移動図書館を作るよう命じたこともあるが、それには六年もの歳月が必要であることが判明した。費用のほうも、仮に一作あたり五十部しか刷らないとしても、六百万フラン以上に登っただろう。ローマ皇帝ならさようなる気遣いが自分の前に立ちはだかることを許さなかっただろう。いかんせんナポレオンは近代人だった。手頃な大きさの本を選んで、豪奢な箱に詰め込むことで満足したのである。フランスの古典作家たちはナポレオンのお気に召さず、一八一二年には、はるばるモスクワから、バルビエに向けて新作の面白い本をせがむ手紙を送っている。それらがモスクワへ到着するはるか以前に、ナポレオンはコトウソフ、ベニグセン両将軍の前に尻尾を巻いて故国へ逃げ戻っていた。

ナポレオンはフランスを統治した愛書家たちの掉尾を飾る人物である。オマール公は、愛書家として名高いが、帝位につくことがなかったし、ガンベッタ氏にいたっては、せいぜい、その信仰関係の蔵書が市場に出廻ったことが知られている程度にすぎない。庶民階級から愛書家が輩出する時代が到来したのだ。生涯に三度も蔵書を築き上げながら、ヴェルギリウスだけは最後まで欠けっぱなしだったノディエ。「フランス愛書家協会」を設立した劇作家ピクセレクール、等々。フランス文学における「浪漫派」運動は、本猟りにおいても、いくつかの新しい流行を産み出した。ロンサール、デ・ポルト、ベロー、デュ・ベレーなどの元版が貴重この上ないものになり、いっぽうゴーチエ、ペトリュス・ボレル、其の他の作品も蒐集家の情熱を掻き立てた。ピクセレクールはエルゼヴィル版信仰者の一人だった。有名なエピソードが語り伝えられている。或る競売の席で一友人に競り負かされたとき、彼はかっとなってこう怒鳴りつけたという。「お前さんの蔵書売立てでその本を頂戴するからな！」そして相手の男、哀れな愛書家は程なく落ち目になって死に、ピクセレクールは垂涎の一冊を手に入れたのである。迷信深い連中のあいだで、彼は jettatura ――邪眼――の持ち主だという評判が立ったのも無理からぬ話だ。ピクセレクール自身にもついに邪眼が注がれた。一八三五年、彼の主宰する芝居小屋「歓楽座《テアトル・ゲーテ》」が焼け落ち、債権者たちは彼の最愛の蔵書を差し押えようとした。愛書家はいち早く蔵書を箱詰めにして、二台の辻馬車に乗せると、夜の闇に紛れて、同じ愛書家仲間ポール・ラクロワ氏の家へ運び込んでしまった。その地で経営者の問題が片づくまで書物たちは亡命の身の上をかこつ羽目になったのである。

ピクセレクールとノディエ、後先のことを顧みないこの二人は、古いタイプの愛書家を代表している。前者は金持ちではなかった。後者に至っては貧乏に悩まされていたが、自分の経済能力を越えた価格を前にしてもけっして怯《ひる》むことがなかった。一つの書庫を築き上げる度に文字通り破産し、そのつど本を売って財産をたて直した。ノディエは生涯ヴェルギリウスを一冊も持たずに過ごしたが、それは彼の夢見る理想のヴェルギリウスを手に入れることに成功しなかったからである——すなわち誤植のある、二行が赤で刷られた、エルゼヴィルの良版の保存のいいアンカット本。この失敗は恐らく彼がかつて或る聖書蒐集家をからかって担いだことにたいする天罰ともいえるだろう。ありもしない版をでっちあげ、蒐集家の鼻先にちらつかせたのである。相手の男は空しい探索をつづけ、望みを果たせない苛立たしさがもとでとうとう命を縮めてしまった。

ノディエの常識外れには好感が持てても、最近見受ける上流階級の愛書趣味、百万長者や、大貴族や、ロスチャイルド家の金に糸目をつけないやり方のほうはどうかと思われる。この手の蒐集家たちは価格なんぞお構いなしときており、連中の競り合いのおかげで、貧しい人間にとって貴重な本を手に入れることがほとんど不可能な状態になってしまった。競売では、大貴族、アメリカ人、公立図書館がなにもかも掻っさらってしまう。ギュスターヴ・ブリュネ氏の著書『愛書道——一八七八年』を覗けば、これらの手合いが犯している行き過ぎたやり方が一目瞭然である。フランスのアンリエット・マリー(一六六九年)、およびイギリスのアンリエット・アンヌ(一六七〇年)の死に際してのボシュエの追悼演説、元装、四つ折判が二〇〇ポンドというバカ高い値で売られている。なるほどこの本は恐らくボシュエ自身の持ち物だったと思われるし、彼の甥が所持していた事実のほうは確実という代物だが、それにしてもどうかと思われる。先にも話題にしたが、同じく〈モーの荒鷲〉の旧蔵本だったモリエール――ボシュエの大嫌いだったモリエール――の一六八二年版の例もある。哀れな劇作家の作品についての聖職者の自筆覚え書はためになるにちがいなく、学術的興味からしても、この本が早く市場に姿を現わしてほしいものである。ボシュエの薄っぺらな本にこれほどの高値がつく一方で、ホメロスの最初の活版本――一四八八年に、三人の若いフィレンツェ人紳士が印行した美しい版――が百ポンドで手に入る。もっともこれすら、ジョージ三世旧蔵になる同じ本がわずか七シリングだったことを憶い出すと高く感じてしまう。学問的友情を記念したこの精巧なホメロスは、初期活版印刷が古《いにしえ》の詩の祭壇に捧げた最高の供物であり、間違いなく世界で最も興味深い書物の一つである。だがこのホメロスも、ならず者フランソワ・ヴィヨンの「譚歌《バラード》」と「八行詩《ユイタン》」を収めたちっぽけな八つ折本（一五三三年刊）ほど高く評価されていない。ルイ十四世の四つの王冠が箔押しされた『聖杯物語』（一五二三年、パリ刊）は約五〇〇ポンドと値踏みされている。フランス中世文学がまったく軽んじられていた「大王」の時代においてすら宝物扱いされていた、古の騎士道物語というのは確かに珍品にはちがいないが。ポンパドール夫人旧蔵のラブレー（モロッコ革装）が六〇ポン

ポンパドール夫人旧蔵本家紋入表紙

ドというのは比較的安いように思われる。ラブレーという巨大な天才の作品を名だたる美女から受け継ぐというのはいささか胸ときめく話である。

並みの資産に生まれ合わせた蒐集家は、猟書のやり方までが〈狩り出し〉に似ている金持ち連中とはもともとしっくりいきようがない。「河岸」の均一本の棚を覗き込み、文学的真珠を求めて埃りまみれの箱の中に潜り込む、野性の獲物をねらう見すぼらしい狩人こそ我らの仲間である。これら熱心な連中は朝早くから目を覚まし、一般の通行人が押し寄せる前に露天古本屋《ブーキニスト》へ急ぐ。他の狩猟同様、この場合も早朝がいちばん良い時刻である。夏場だと、朝の七時半に、露天古本屋、廉価本業者たちは前の晩に仕入れた本を、破産した一家から流れ出た品や、図書館の放出品を陳列にかかる。昔流儀の古本屋は自分の扱うガラクタ品の値打などまったくといっていいほど心得ていなかった。仕入れの費用に見合うわずかな利潤が得られればこと足れりとしていたからだ。精力的で、事務的な古本屋だと、年間十五万冊は商うと見ていい。この厖大な数の中には、サザビーやドルーオ館（パリの有名な競売所）でイスラエルの子らと渡り合う資力のない市井の蒐集家のための落ち穂がきっと混じっているにちがいない。

作者紹介

「愛書狂」Bibliomanie

ギュスターヴ・フローベール Gustave Flaubert 一八二一―八〇

申すまでもなく十九世紀写実主義《レアリスム》の総帥、文学愛好者なら誰知らぬ者もない、『ボヴァリー夫人』『感情教育』の作者その人である。

「愛書狂」はフローベールがまだ十五歳にも達しないときの若書きであるが、ドラマチックな筋立てを無駄のない表現で淡々とまとめ上げた手腕は、とうてい駈け出しの文学少年の筆馴らしとは思えず、後の文豪の早熟ぶりに驚嘆させられる。尤もこの物語は完全な創作とはいえず、下敷きがあり、当時世間を騒がせた「ドン・ヴィンセンテ事件」からヒントを得たものと言われている。こんにちでいうノン・フィクション・ノヴェルの類である。ルアンで発行されていた文学新聞『蜂鳥《ル・コリブリ》』*Le Colibri*（一八三七年二月十二日号）に掲載された。

スペインの僧侶ドン・ヴィンセンテのことは、書物への情熱を錯乱にまで高めた本盗人の典型的見本として、今日までも語り継がれている。スペイン革命によって僧院の書庫が荒されたとき、アラゴン地方ポプラ僧院の僧侶ドン・ヴィンセンテは、どさくさにまぎれて盗み出した書籍をもとでに、古物商や古本屋がかたまっている一画、バルセロナ市はロス・エンカンテス柱廊の下に店を構えた。表向きは商売を営んでいるとはいえ、陰気くさい穴倉の中に夥しく蓄えられていたのは、売る気もないドンにとって大切な宝物ばかりであった。ところで、或る日のこと、彼はとある競売場へ赴いたが、そこで一冊の珍しい本、おそらく世界にこれ一冊しかないと思える本にぶつかった。しかし激しい競り合いの末に別な同業者に奪い取られてしまった。それから三日後の夜、バルセロナの人々は〈火事だ！〉と叫ぶ群集の声で目を醒まさせられた。例の天下の孤本を買った男の店舗と住居が炎につつまれていたのである。火事がおさまったとき、家主の死体が発見されたが、黒焦げになった片手はパイプを握りしめており、そして金銭が盗み去られた気配はなかった。皆んなの意見は一致した。「彼のパイプから散った火花で家に火がついたのにちがいない」と。それから何年か経過した。その間、毎週のように、或るときは路上に、或るときは河中に殺害された男の死体が発見され、バルセロナの市民は恐怖に震えおののくのだった。被害者は老若とりどりだが、いずれも人から怨みを買うはずのないまっとうな連中ばかりで、そして――奇妙なことに――揃いもそろって〈本好き〉という点で共通していた。目に見えぬ手に握られた短刀が彼らの心臓を突き刺していた。ところが加害者は彼らの財布にも、現金にも、指輪にも指一本触れていなかった。全市にわたって大がかりな捜査が行なわれ、そしてドン・ヴィンセンテの店も調べられた。するとそこに、見つからぬよう物蔭にしまい込まれた、購入者の家とともに当然焼けてしまったはずの〈天下の孤本〉が発見されたのである。ドン・ヴィンセンテは入手の経過を問い詰められた。それにたいして彼は、落ち着いた声で、自分の蔵書はすべて「バルセロナ図書館」へ寄贈してくれるように頼み、その上で、長い一連の犯行の自白に及んだのである。競争相手の首を絞めて殺し、その本を盗み出し、家に火をつけたのは彼だったのだ。殺害された連中は、彼がほんとうは手放したくなかった本を彼から買い取った人たちだったのだ。いよいよ裁判の当日がやってきた。弁護人はドン・ヴィンセンテの告白は作りものであり、その書籍を彼はまっとうな手段で手に入れたのであると申し立てた。それにたいして検察側は、一四八二年にランベルト・パルマートによって印行されたその本は世界に一冊しか残っておらず、四人はそれを、その天下の孤本を大切にしまわれていた書庫から盗み出したものにちがいないと反論した。すると、被告の弁護人は同じ本がルーヴル宮にもう一冊あることを証明した。ということは、他にもまだあるかも知れず、被告の持ち物はまっとうに入手したものであるとも考えられると。ところが意外な事態が出来した。この言葉を聞くと、ドン・ヴィンセンテは、それまで平然と構えていたのが、突然、取り乱した悲鳴をもらした。裁判官はすかさず――「ヴィンセンテ、やっと、自分の犯した罪の怖ろしさに気がついたか?」「おお、裁判長さま、私はとんでもないへまをしでかしました。私はなんという情けない人間でしょう!」「人の裁きは曲げられないにしても、天のお裁きはお慈悲に限りない。悔い改めるのに遅すぎるということはない」「ああ、閣下、あの本は一冊きりじゃなかったのです!」

「愛書狂」は前述の新聞掲載後、単行本には収録されなかったが、作者の死後、ルイ・コナール社版『フローベール全集』(一九一〇年)に収録され広く知られるに至った。次いで一九二六年、アヴリーヌ書店から刊行された、「愛書家双書」Les livrets du bibliophile の第七篇として、はじめて単行本(限定三百五十部)となった。すでに数ヵ国語に翻訳されており、〈愛書小説〉のうちで最も人口に膾炙した作品である。わが国でも、佐藤春夫、庄司浅水、桜井成夫三氏の訳で、戦前から紹介ずみである。

ドイツ語訳も三種類に及んでいる。いずれも少部数限定の贅沢本で、エルウィン・リーガー訳『愛書狂』*Bibliomanen* には、チェコの著名な書物研究家フーゴー・シュタイナー＝プラグ教授のエッチング挿絵四葉が添えられ、早くも一九二一年に、ウィーンのアヴァルン社から刊行されている。いま一つはリヒアルト・シャウカル訳で、同じく一九二一年イエーナのランドハウス社刊、六百部限定番号署名入り。次いで一九二三年ハノーヴァーのパウル・ステーゲマン社から刊行された新訳は、ヨハン・フレルキング訳で、アルフレッド・クービンの挿絵四葉が魅力である。

スペイン語訳にもJ・カルジュネのオリジナル石版画が五葉添えられ、バルセロナの「書物芸術研究所」から刊行された『愛書小説集』(一九二四年) *Contes de bibliofil* の中に収録されている。

英語訳は書誌学の権威セオドア・ウェズリー・コーク博士の手になり、一九二九年六月、アメリカ、イリノイ州ノースウェスタン大学図書館から、五百部限定で刊行された。シュテファン・ツヴァイク所蔵のフローベール自筆原稿第一頁がコロタイプ印刷の複写で口絵に飾られている。これ以外にも、編者は別の訳者による挿絵入り豪華版をアメリカの一古書店の目録で見つけ急遽注文したが入手し損ねた記憶がある。

「稀覯本余話」Le Pastissier françois
アレクサンドル・デュマ　Alexandre Dumas　一八〇二—七〇

作者についての解説は不用であろう。『巌窟王』『三銃士』の著者といえば足りる。
十七世紀の稀覯本、エルゼヴィル版『佛蘭西風菓子製法』をめぐって、アレクサンドル・デュマは実体験をもとに絶妙な一つの短篇小説を作り上げた。創作として発表されたものではなく、彼の浩瀚な自伝『回想録』*Mémoires*（一八五二—五四）のなかの一章である。愛書家の視点からこの挿話の面白さに目をつけ、独立した作品として訳出・紹介したのは、ライプチッヒ「愛書家協会」の一員アドルフ・ワイゲルの功績である。『ビブリオマニアをご存知か?』の表題で、一九〇四年に、ライプチッヒのW・ドリューギュリン書房から、少部数限定で上梓された。

エルゼヴィル版が愛書家の蒐集熱を煽った裏には、いくつかの理由が考えられる。第一はその瀟洒な造本の魅力によることは言うまでもないが、おおむねどの本も小型袖珍本のサイズに統一されていたため、一連のシリーズとして全点蒐集の野望につながる側面をそなえていたことにもよる。しかも中には、この『佛蘭西風菓子製法』の場合のように、消耗品的性格のものも混じっており、猟書家の行く手に種々の障害が立ちはだかっていたことも、競争心を掻き立てるうえで一役買ったように思われる。さらに、本国では出版できなかったフランス語の書籍がオランダで数多く印刷されていたことも与っている。

デュマは名だたるbon vivant（享楽人）であり、美食家、宴会好きとして知られ、また自ら料理人としての腕を誇り、文学者としてよりもその方面で後世に名を残すものと自負していた。「五百冊にのぼる文学的著述を予は料理にかんする本で締めくくるつもりである」とかねがね友人たちに語っていたことでも知れる。彼がものした最後の一巻は、じじつ、ヨーロッパ全土から集めた調理法を満載した料理書である。

同じ『回想録』の中でデュマは、二十一の歳に、職を求めて田舎からパリへやってきた折りのことを語っている。都会につくとまず下宿を探し当て、その足でさっそく「ポルト＝サン＝マルタン」座へ『吸血鬼』の芝居を見に出かけた。そこで偶然隣り合わせたのが、「灰色《グレー》のズボンに、鹿革のチョッキ、黒ネクタイという扮装《いでたち》の四十がらみの紳士だった」ことは本篇中に物語られているとおりである……。

この隣席の紳士こそ誰あろう、『吸血鬼』の台本作製に一役買っていた当時有名な作家シャルル・ノディエその人に他ならなかった。ソリドリ作の小説から潤色されたこの脚本は、F・P・A・カルムーシュ、A・F・E・ド・ジュフロワ・ダルバン、それとノディエが一枚加わっての合作で、デュマがここで語っている上演の三年前に匿名で出版されている。『吸血鬼、序幕つき、三幕メロドラマ、M・M作』(一八二〇年、パリ刊)。

「金輪際、僕が愛書狂になるなんてことは考えられません……」。この宣言を見事に裏切ってデュマは、ノディエの指導のもとに、熱狂的な愛書家に変貌する。その後、長期にわたって、二人は相携えて河岸の露店や、古書店や、製本屋を訪ね歩くのが習わしとなった。人気作家となり莫大な収入が流れ込むとともに、デュマの蔵書はついにはこの道の大先輩ノディエを遥かに凌ぐまでに贅沢・豊富なものに成長した。デュマが書籍に費した王侯にもまごう金額は本屋や製本屋の懐を大いに肥やしたといわれている。

『回想録』第七十四章で語られている、二人の友情の発端のくだりをお楽しみいただきたい……。

なお、昭和五十二年三月東京日本橋の丸善本店で開かれたオランダ「エルゼヴィル社」学術書展に、この『佛蘭西風菓子製法』一六五五年版も展示されたと聞く。

「ビブリオマニア」Le Bibliomane
シャルル・ノディエ Charles Nodier 一七八〇—一八四四

シャルル・ノディエは一七八〇年四月二十九日、フランシュ・コンテ県、ブザンソンで生まれた。キュヴィエ、ヴィクトル・ユゴー、後にはパストゥールなど、文人・学者を数多く産み出した土地である。大革命後の不安な社会の中で少年時代を過ごし、十七歳でブザンソンの公共図書館に就職したが、一八〇八年、勉学の志を立て、パリへ出る。「人並みにささやかな刺戟と、出世と——そして生活の糧を求めて都会へ出た」と友人のジュール・ジャナンは語っている。しかし幼時からの夢想癖と読書欲は終生尾を引き、執筆と古本屋漁りに明け暮れる書斎人としての一生を送ることになる。二三年、「アルスナル図書館」長に任命されると、そのサロンを若い作家たちの集合所として提供し、ユゴー、ラマルティーヌ、サント゠ブーヴ、ミュッセ、ヴィニー、デュマ父子らが出入りし、ロマン主義運動の中心人物となった。一八三二年には「アカデミー・フランセーズ」の一員に選ばれている。作品の主なものには、悪夢の散文詩と評される『スマラと夜の魔物』、情趣掬すべき妖精物語の傑作『トリルビー』、『パン屑の仙女』その他があり、清澄な文体で夢と狂気の冒険を描き、ネルヴァル、更に降ってシュルレアリストたちの先駆者と見られている。

いま一つ特筆すべきノディエの業績は、当時まではそれほど盛んでなかった古書蒐集趣味に先鞭をつけ、こんにちのフランス古書業界隆盛の基礎を築き上げたことである。ノディエと古本にまつわる逸話は枚挙にいとまないほどだ。河岸漁りの目的のためにポケットの沢山ついた大型外套を別誂えしていたことなどはそのほんの片鱗をうかがわせるにすぎない。「愛書家ノディエ言行録」という題でゆうに一冊の本が編めるくらいである。親友アレクサンドル・デュマの作品『ビロードの頸飾りの女』(一八五〇年)の中には、ノディエを中心に囲んだ愛書家仲間の愉しい集いの情景が、なつかしい憶い出と感謝をこめて沁みじみと語られている。

「ビブリオマニア」の中で描かれた〈善良な〉変わり者テオドールにはモデルがあり、篇中にも名前が引き合いに出されている、当時有名な法律家で、気ちがいじみた蒐書家として知られたブラール(「ビブリオマニア」註21参照)がそれであるといわれている。愛書家というよりも蒐集狂に近く、競売場ではガラクタ本の類まで見境なしに買い込み、その書斎は物置

き と変わりなく、本棚から床の上まで足の踏み場もなく書物の洪水で氾濫していた。ついには住居のある建物全体を買い占め、他の借家人を次つぎ追い出し、書物の収納庫に充てざるをえなくなった。それでもまだ追いつかず、さらに家屋を六軒購入したが、それらもまた本の置き場に変わってしまった。ノディエが或る本の借覧を申し入れたとき、ブラールは建物から建物へと引きずり廻し、書物の山を見上げて、「どこかにあるんだが」と長大息を繰り返したという。

病の床につき、もはや外へ出られなくなると、ブラールは家族の者に命じて自分のお気に入りの本をベッドの脇へ持ってこさせ、うっとり眺め入るのだった。こうして古書市場での大活躍を回顧しながら、ついに一八二五年、一冊の本の上におおいかぶさるようにして、ブラールは最後の休息に沈んだのである。ノディエの物語の深刻にして滑稽な結末は、むろん、この臨終場面を写し出したものである。

ブラールの死後に残された蔵書数はおよそ六十万から八十万冊に達していた――パリにかつて存在した最大の個人蔵書である。そのうち約十五万冊は紙屑として処分された。それでも五巻から成るその蔵書目録を編むのに三年の歳月を要したといわれている。フランス書の部門はゴドフロワとブルーエの手で編集され、別に外国部門はバルビエが担当し、第一巻への序文としてデュヴィケが「ブラール伝」を記している。その売立ては一八二八年から三三年まで続いた。リチャード・ヒーバー卿がそのうちの地歴関係書を一括して購入したが、ブラールの形見はたまたま不況ぎみだったパリの古書市場に流れ出たために、価格を下落させる結果につながり、多くの古本の値段が半値に沈み、そしてこの全般的下落は何年にもわたって続いたという。

「ビブリオマニア」は最初「パリ、百一人の書」双書（一八三二―三四年）の第一冊として刊行された。その後『爐辺夜話』（シャルパンチエ書房刊、一八五三年）の中に再録され、その後も各種〈ノディエ選集〉の中に何度か加えられている。それ以外に、この一篇だけ独立させ、モーリス・ルロワールの挿絵（二十四葉）で飾り、R・ヴァルリー＝ラドの序文を付した贅沢本が、一八九四年に、ノディエの歿後五十周年を記念して、作者の命日に当る日を選んで刊行されている（コンケ書房版）。さらに著名な小説家で出版者でもあるクロード・アヴリーヌによって、三百五十部限定本が、「愛書家双書」の第一篇として、一九二六年に同書房から刊行された。この双書にはフローベールの「愛書狂」、アスリノーの「愛書家地獄」も同様の装本で収められている。

外国語訳は、F・ノエルが木版に刻んだルロワールの挿絵を添え、R・ヴァルリー＝ラドの序文を付した、上記コンケ版のアメリカ版と見られるものが、一八九四年に、ニューヨークのJ・O・ライト社から刊行されている。題扉には挿絵の数が四十点と記されているが、実際にはフランス版と同数で、二十四の誤りである。これ以外にも、フランク・H・ジンの序文をつけた別版が、クリーヴランドの「ローファント倶楽部」から、一八九六年に、一二四部限定本で刊行されている。雑誌掲載では、「スタンフォード・ジャーナル」（ボストン発行）、一九一九年、十、十二月号に訳出されているが、誤植の多いのが難点である。

エルウィン・リーガーによるドイツ語訳は、前記『愛書狂』*Bibliomanen* の中の一篇として、一九二一年にウィーンのアヴァルン書房から刊行されている。例によってフーゴー・シュタイナー＝プラグのエッチング挿絵付き。これ以外にアイナール・ムンクハンスによる新訳もある。以上のもの以外に、カタロニア語、スペイン語訳も現われている。

変わったものとしては、著名な書誌学者G・A・ボーゲングの編集になるフランス語原文が、一九一二年に、ベルリン発行の愛書家向け某雑誌に発表されている。編者は未見であるが、これには従来のテキストにない「末章《エピローグ》」（独文）が付け加えられているという。

最後になったが、わが国でも某氏の個人訳になる「ノディエ選集」が刊行されているから、たぶん「ビブリオマニア」もその中に収録されているものと思う。

「愛書家地獄」L'Enfer du Bibliophile
シャルル・アスリノー Charles Asselineau 一八二〇―七四

「愛書家地獄」の作者は、一八二〇年、医者の息子として生まれた。父の職業を受け継ぐはずであったが、文学の誘惑に抗しきれず、作家の途に進んだ。主な作品には、幻想小説の名品を含む短篇集『二重生活』(ボードレール序文、一八五八年)のほか、書誌学と文芸批評の見事な結合を達成し、新しい一つのジャンルを打ち立てた名著として名高い『浪漫派書誌』(初版一八六六年、増補改訂版一八七二年、補遺付き新版一八七四年)などがあり、またボードレールの最初の伝記者としても知られている。若い頃から非常な本好きで、「国立図書館」に通いつめ、ついには司書の職を志願し、「マザラン図書館」の副館長となった。いっぽう、資産に恵まれていたので、生活の心配なく好きな古書蒐集趣味に打ち込むことができ、厖大な数の蔵書を蓄えた。死後競売に付されたときは、当時の金額にして一万フラン以上の売上げをもたらしたといわれる。

アスリノー追悼演説のなかで、有名な詩人テオドール・ド・バンヴィルはこう述べている。「アスリノーは本とはどのようなものか、またそれはどのようにあるべきかをよく心得ていた。おまけに、彼は〈書物〉を情熱的に愛した。冬の朝彼が、例の重いローマ風外套にくるまって、河岸の古本屋で、いまでは有名になった彼の「浪漫派文庫」を構成することになる本を買い集めている姿がいまも目に浮かぶようです。さきに私はアスリノーには野心がなかったと申しましたが、それは間違いです。一生を通じて彼は「マザラン図書館」と呼ばれる書物の宝庫の管理人の一人になることが望みでした。十二年間にわたって何度も政府から他の空席を斡旋されたにもかかわらず、臨時雇いの地位に甘んじたのも、いつかこの〈文人の楽園〉に入ることをねらっていたからです。そして、われわれ皆んなと同じように、背嚢と銃をかついだあと〔普仏戦争に従軍〕、この国難のあいだ「マザラン図書館」の貴重な蔵書を護りつづけることに献身したのであります。晩年、「マザラン図書館」副館長として受け取っていた俸給は僅か八十フラン程度に過ぎなかったと思いますが、それすらも彼は多すぎると見做して、匿名で、慈善事業に寄付していたほどです」。

「愛書家地獄」は、さいしょ国際雑誌「ガゼット・デュ・ノール」一八六〇年六月十六日号に発表された。同誌の編集者へ宛てた手紙の中で、アスリノーは「ロシア文学者協会」のための訴えに深く心打たれた旨を述べてから、「我が国の〈文学者協会〉がすばらしい捧げ物を準備しつつあることは聞いております。そこから寄せられるものが、貴殿の提示された目的達成に大いに役立つにちがいないことはもとより百も承知致しております。にもかかわらず、レールモントフやツルゲーネフの国の新時代への自発的醵金として、私の寸志をお納めください。文学者は文学でもって支払うのが当然です。無名ではありますが文筆に一身を捧げる一作家のこの寄稿が、こんにちフランス文化に栄誉を添えるあまた著名な文学者のお仲間に加えられるならば、これにまさる喜びはありません」。

雑誌掲載の後、同じ年に、『愛書家地獄』はジュール・タルデュー書房から単行本として刊行された。この初版本は作者の生前から早くも稀覯本の仲間入りをし、愛書家の垂涎の的となっていたが、一九〇五年に、L・カルトレ社から、レオン・ルベーグのドライ・ポイント挿絵六点を添えた〈贅沢本〉が現われ、愛書家の積年の渇を癒やした。その後、一九二六年に、アヴリーヌ書房刊行の「愛書家双書」の中に、その第九篇として収められた。いずれも少部数限定出版のかたちである。英訳、ドイツ語訳、スペイン語訳も刊行され、こんにちまで愛読者は跡を絶たない。

「愛書家煉獄」A Bookman's Purgatory
アンドルー・ラング Andrew Lang 一八四四―一九一二

オスカー・ワイルドが〈神々しい趣味人〉と評したアンドルー・ラングは、ウォルター・スコット卿の故郷に近い、スコットランドの国境地帯に生まれた。美しい田園と、伝説や民話に囲まれて幼少期を過ごしたが、幼な馴染みの一少女の回想によれば、常に「本の中に埋もれ、周囲のことなどまったく忘れ去った、そしてきっと女の子のことなど眼中にない」少年としての想い出しか残っていないという。他に趣味といえば、川釣りと、クリケットくらいで、後年ラングはこれらの野外遊戯に関する文章を数多くものしている。土地のクリケット・チームの花形選手だったこともある。病弱と視力の衰えのためにスポーツのほうは諦めたが、魚釣りの方は晩年までつづき、「愛書家煉獄」の主人公トーマス・ブリントンのように、〈魚釣り本〉の蒐集へとつながる。

やがてセント・アンドルーズの大学へ進み、ギリシア語を修め、オックスフォード大学の研究員に招かれ、古典学講座担当教授の地位を約束された。しかし両親の不慮の死と、不幸な恋愛と、肺疾患とが重なり、学究生活を諦め、南仏リヴィエラへ保養の旅に出る。帰国後、R・L・スティーヴンスンと出会って親交を結んだのが契機で、文筆の途へ進んだ。以後、小説、評論、翻訳、考証など多彩な分野で健筆をふるい、こんにちも愛読者を絶やさない。小説『カインの印』『フェアニリーの黄金』『世界の望み』（ライダー・ハガードとの共作）、評論集『死せる著者への手紙』『古い友だち』『書物のあいだの冒険』など作品の数は多く、またホメロスの散文訳は不朽の名訳と称えられている。

さらに、一流出版社ロングマン社の編集顧問として、新しい才能の発掘に貢献したことも見逃せない。ハガード、コナン・ドイルをはじめ、H・G・ウエルズ、サマセット・モームなども、ラングの推輓によって文壇に登場した仲間である。

いまひとつラングが果たした特筆に価する功績は、古書蒐集趣味の奨励であり、随筆集『書斎』（一八八一年）、『書物と書物人』（一八八六年）は、この途の先駆的名著として高く評価されている。

「愛書家煉獄」はエッセイ集『書物と書物人』の巻末に読物として添えられた一篇である。アスリノーの「地獄」の海峡を隔てたこだまともいうべく、フランス作家のものではないが、敢て同じ集中に採録することにした。

訳註

愛書狂

（1）　ホフマン E. T. A. Hoffmann （一七七六—一八二二）　ドイツの作家。異常な空想力をもって妖幻怪奇の世界を描いた。その小説は早くより仏訳され、デュマはじめ浪漫派の作家たちに大きな影響を及ぼした。代表作『悪魔の霊薬』『小夜譚』他。

（2）　羊皮紙　羊・山羊・犢の皮から製す。前二世紀頃よりの書写材料パピルスに代るものとして欧州、中近東地方で使われていた。紙の時代に至って後退したが、今でも時に使用されている。原皮の脂肪等をとり除き、肉面を石灰で処理し、乾燥漂白して皮の内側のみを剝ぎとって軽石等で磨いて仕上げる。表皮のついたままのはヴェラム Vellum という。製本用ともなる。名称は最初の産地小アジアの Pergamus に由来する。（八木佐吉『書物語辞典』）

（3）　ゴシック字体　十二世紀頃からの写本字体、肉太文字。（八木『書物語辞典』）

（1）フーリエ Charles Fourier（一七七二—一八三七）著名な社会学者、思想家。
（2）カンバセレス J.J. Régis de Cambacérès（一七五三—一八二四）政治家、法律学者。『民法草案』（一七九六年）の著書がある。一八〇八年、パルマ公国の君主に任ぜられた。
（3）エグルファーユ Aigrefeuille　フランスの名門貴族の一つ。「十八世紀に到って、エグルファーユ家の一員のうちには、モンペリエの御用金裁判所の議長をつとめ、書物蒐集家として知られる人物も現われた」。（『大百科辞典《グランド・アンシクロペディ》』）
（4）グリモ・ド・ラ・レイニエール Laurent Grimod de la Reynière（一七五八—一八三八）有名な食通。『美食家年鑑』（一八〇三—一二）の著者。
（5）ローモン Charles François Lhomond　生歿年未詳。文法学者、教育家。
（6）ド・ヴォルテール Voltaire（一六九四—一七七八）François Marie Arouet の筆名。有名な作家、思想家。
（7）ベラール August Simon Louis Bérard（一七八三—一八五九）書誌学者。『最も高価な、最も蒐集の対象とされるエルゼヴィル版諸本についての書誌的論考。巻頭にこの高名な印刷業者にかんする紹介文を付す』という長たらしい題名の著作を一八二二年に匿名で発表している。

(8) テシュネル Jacques-Joseph Techener (一八〇二―七三) フランスの出版業者、書籍商のうちで最も傑出した一人。ルーヴル宮前広場、十二番地に店を構えていた。後出のクローゼの義兄(弟?)にあたる。数多くの貴重書がテシュネルの手を経て国外からフランス市場へ持ち込まれた。公共図書館、個人の蒐集とともに彼の恩恵を蒙っている。一八三四年、ノディエの協力を得て、「愛書家消息《ビュルタン・デュ・ビブリオフィル》」誌を発刊。またシルヴェストル・ド・サシ、エーメ・マルタン、シャルル・ノディエらと共著で、すぐれた内容の書誌的研究を発表した。彼の刊行した売立て目録の多くは(例えばソレーヌ旧蔵の演劇関係文献)、今日でも不可欠の書誌的資料と見做されている。しかし彼の活動の中心は稀覯書の売買にあった。古書にかけては天才的目利きで、その古さ、美しさ、出所などで特別の価値を持つありとあらゆる書物に通暁していた。有名な作家で愛書家としても知られるシャルル・ノディエは彼の親友であり、またよき助言者でもあった。クローゼとテシュネルの二人をノディエはフランス古書籍業界の向上に貢献した最功労者として高く評価している。テシュネルが刊行した一連の書物も群を抜いて秀れている、しかしそれらは名声をもたらしはしたが、ほとんど利益にはならなかった。なお、テシュネル書房刊行書の奥付はすべて、ノディエの二冊の遺著『フランシスクス・コルムナ』(一八四四年)、『或る見事な蔵書の解説付き目録』(一八四四年)の奥付デザインの様式に則って構成されている。テシュネルが有した最大の資産はその個人蔵書で、当時の金額にして二〇万フランと評価されていたが、火災ですべて灰燼に帰した。最後は貧窮裡に死亡。

(9) アレクサンドリア図書館　古代世界における最大の図書館で、七〇万点の手写本を蔵したが、紀元前四七年火災で焼失した。

(10) カレームの本　アントナン・カレーム Antonin Carême は十九世紀初頭の有名な菓子製造職人。菓子作りを建築学の一部門と見做し、独創的見地から種々の料理書を著した。『料理長の献立』（一八二二年）その他。

(11) 『王室風料理』 *Le Cuisinier royal*　当時どこの家庭にも備えつけられていた一般向き料理教本。

(12) ブリュネ老 Jacques-Charles Brunet（一七八〇―一八六七）有名な書誌学者。古本屋の息子に生まれ、幼時より古書に馴染み、真摯な情熱と、傑出した才能をもって、書誌の研究に打ち込んだ。老年に至るまで修補・改訂を怠らなかった『古書籍商・愛書家必携』（五巻、および索引一巻、一八六〇―六四年。補遺二巻、一八七八―八〇年）は、名著としてこんにちに到るも声価は衰えない。

ビブリオマニア

（1）「第一の書」の第十三章　章題は「尻を拭く妙法を考え出したガルガンチュワの優れた頭の働きをグラングゥジエが認めたこと」。友人ピクセレクールに宛てた手紙で、ノディエはその章のなかに「人智の要約が含まれている」と言っている。

（2）モロッコ革 maroquin (morocco)　山羊皮をタンニン剤で鞣したもの。製本用上級皮革の一つ。北アフリカ・モロッコが原産地であった。製産地の名を冠したものに Niger morocco, Levant morocco, French morocco, Persian morocco 等がある。欧州における近代的製本の発達には欠かせない革であり、これに金箔で文字・模様を押した装幀は十五世紀末頃に始まっている。ヴェネチアのアルドウス製本、グロリア装などもモロッコ革が多い。（八木『書物語辞典』）

（3）ガラ Pierre Jean Garat（一七六四―一八二八）有名な歌手。奇矯な服装と言動で注目を浴び、とくに糊づけしたネクタイが評判になり、当時のしゃれ者たちから偶像視された。

（4）四つ折判 quarto　書物の判形。4to, 4°, in-4. とも記す。用紙を二度折る、即ち一枚の用紙で四葉八ページ、用紙名により Royal 4to, Demi 4to の如くいう。
洋書の寸法表示は、使用する用紙の寸法に従い、また刷本の折り数によって称呼する。古くは手漉き用紙のため、その大きさは紙漉場によりまちまちであった。ために刷本の折り数によっていた。即ち二つ折本は folio、四つ折本は quarto、八つ折本は octavo などとし、それに small とか large などを書き添えていた。しかし紙が機械抄きとなり、規格が統一されるに及んで、今日のように一般にあてはまる称呼となり、更にそれが実寸 cm、または inch で示されるようになってきた。（八木『書物語辞典』）

（5）トロカデロ　カディス湾に臨む要塞岬。一八二三年フランス軍によって奇襲占領された。その後、「練兵場《シャン・ド・マルス》」と向かい合うセーヌ河右岸の高台に同じ名前が冠せられた。スペイン領カディスは進歩的な商人の多い土地柄で、対米貿易で栄え、自由主義のひとつの中心となり、一八二〇年革命の揺籃となった。それに対してフランス政府は干渉を試み、トロカデロを奪取して革命を挫折させ、フェルナンド七世を復位させたのである。

（6）ロマンヽロ romancero　スペインの騎士道譚。ヨーロッパでは早くから愛書家のあいだで蒐集の対象とされてきた。

（7）ド・ブールモン Louis de Bourmont（一七七三―一八四六）フランスの将軍。ルイ十八世のもとでスペイン干渉に積極的な役割を果たし、シャルル十世の代には、アルジェリア遠征（一八三〇年）の指揮をとった。このとき沿岸の一部ではあるが、アルジェリアがはじめてフランス領となった。

（8）シャルル十世 Charles X（一七五七―一八三六）過激王政主義の政策を取ったが、自由主義の抵抗にあい、その軋轢は「一八三〇年革命」に進展する。

（9）ポーランド人民万歳！　一八三二年の革命が背景になっている。民衆は政府にたいしてポーランドおよびベルギーへさらに積極的な干渉を行なうことを要求し、パリでは市街戦にまで進展した。

（10）モンゴルフィエ Joseph Montgolfier（一七四〇—一八一〇）、Jacques Montgolfier（一七四五—九九）　フランスの製紙業者兄弟。オランダ産ヴェラム紙の製法を模倣し、フランス製紙業の発展に寄与した。軽気球を発明し、一七八三年初飛行に成功したことでも有名。

（11）ピュルゴルド P. Purgold（†一八三〇）　ノディエが贔屓にした有名な製本師。ピュルゴルドの死後、その技術は彼の未亡人と結婚した有能な弟子アントワーヌ・ボーゾネ（「愛書家煉獄」註（33）参照）に受け継がれる。

（12）アルドウス版　ヴェネチアの印刷業者、アルドウス・マヌチウス（一四五〇—一五一五）が一四九〇年頃創設した著名な美本印刷所の出版物をいう。ギリシア古典を初めて印刷に付し古典研究にも貢献した。十六世紀末まで存続。

（13）ウディエ Heudier　生歿年未詳。「王政復古《レストラシヨン》」時代の製本師。その著『辞典批評』の中でノディエは、〈Biblioguinancie〉という言葉を定義して、「ウディエが行なったような、書籍修繕の技術」と述べている。

（14）初刊本 editio princeps　ラテン語で〈初版〉の意味であるが、厳密には、印刷術発明以前に著作され手写本で出廻っていた作品の最初の活版本を指す。

(15) 真性コレラ　一八三二年の春から夏にかけてパリではコレラ病が猖獗《しょうけつ》をきわめた。シャルル・ヴェース宛の手紙（一八三二年六月二十一日付、パリ発）の中でノディエは幾人もの友だちの死から受けた打撃について語り、それを「大革命」がもたらした〈中世的大虐殺〉になぞらえている。

(16) 新聞の味方　シャルル十世の短い治世中に起った、イエズス会修道士と革命派との軋轢に起因する事件。諸新聞は僧侶と対立する立場を取った。一八三〇年、七月革命の二日目、風聞によれば地下室のなかに隠匿されているという四千梃の武器を摘発するために、大勢の群集が大司教の館になだれ込んだ。大司教ド・ケラン師は不在であった。暴徒は門衛を制圧し、屋内に突入。地下室の酒を残らず飲み乾したあと、住居の徹底的略奪を開始した。金目のものはすべて持ち出され、高価な家具や書庫の本は窓から外へほうり出され、一部は焼き払われ、そして一部はセーヌ河に投じられた。ノディエが二月と書いているのは誤りで、じっさいには一八三〇年七月二十九日の出来事である。

(17) 露天古本屋の黄金時代　A・ド・フォンテーヌ・ド・レスベックの著書『セーヌ河岸文学散歩』（一八五七年）の中に、十九世紀中葉のセーヌ河左岸散策風景が描かれている。それに依ると、「ドルセー河岸」から「トゥルネル河岸」までの間に、古本屋が六十八店もあり、延々一千メートル近くに達していた。本箱の中には約七万冊を並べ、したがってこの一キロ余りの道をぶらつくだけで、猟書家の目の前には絶え間なく変化する掘り出し物が提供されたわけである。しかしオクターヴ・ユザンヌが『巴里の猟書家』（編者の手元にある英語版は一八九三年刊）の中で嘆いているように、十九世紀の終わり頃には、古本の〈黄金通り〉としての昔日の名声はあらかた失われてしまった。

(18) バルビエ Antoine Alexandre Barbier（一七六五—一八二五） 名高い書誌学者。ナポレオン一世の図書係。『匿名・偽名著作事典』の編者。

(19) モンメルケ Louis Jean Nicolas Monmerqué（一七八〇—一八六〇） パリ法廷付き顧問官で、余暇を学問的研究に捧げた。「愛書家消息《ビュルタン・デュ・ビブリオフィル》」の常連寄稿家。

(20) ラブードリー Jean Labouderie（一七七六—一八四九） 教会の高僧。神学と比較言語学に興味を持ち、公務と執筆を並行させた。

(21) ブラール Antoine-Marie-Henri Boulard（一七五四—一八二五） 帝政期の代議士。五十万冊の蔵書を擁したビブリオマニア。

(22) 〈片隅《アングルス》〉 マエケナスがホラティウスに贈った田舎の閑静な別墅《べっしょ》を指す。

(23) ヒパニス河 サルマチア地方（ロシア）の或る河川を昔こう呼び慣らわした。今日のクーバン河と推定される。出典はキケロ、“Apud Hypanim fluvium, qui ab Europae parte in Pontum influit, Aristoteles ait bestiolas quasdam nasci, quae unum diem vivant,……” Cicero, Tuscul. Disp. 1, 94.

(24) ラドヴォカ Charles Ladvocat（一七九〇—一八五四） 出版業者。本篇、ノディエの「ビブリオマニア」がその第一冊として最初に発表されたシリーズ、「パリ、百一人の書」（一八三一—三四年刊）、全十巻は彼の刊行になる。「王政復古期」に、ラドヴォカはパレ・ロワイヤルに居を構え、そこで書店を始めた。最初に当てた企画は、近衛軍の一中尉が著わした『職業軍人の歌』という表題の薄っぺらな詩集で、短期間に二万部以上を売りつくした。その後、ヴィクトル・ユゴーの詩集、バイロンの作品の翻訳をはじめ、長期間にわたってサント＝ブーヴ、アルフレッド・ド・ヴィニー、その他十九世紀文学の代表的作品を数多く手掛けたが、財を成さず、恵まれない晩年を送った。

(25) ガリオ・デュ・プレ Galiot du Pré　十六世紀の中頃に栄えた出版業者。

(26) 奴のところから出る本　「パリ、百一人の書」を指す。この双書にはノディエは「ビブリオマニア」につづいて、「ポリシネル」を第二回配本として加える予定であった。

(27) クローゼ J. Crozet（一八〇三―四一）　書籍業者。ヴォルテール河岸、のちマラケー河岸に店があった。そこをノディエは本好きな友人たちとの会合場所にして、サークルの中心人物と仰がれていた。ノディエはクローゼを息子のように可愛がり、古書にかんする知識を授け、その指導に当った。ここで語られているクローゼの英国行きは、その兄弟テシュネル（「稀覯本余話」註（8）参照）と同行で為された。二人が持ち帰った数々の貴重書は、こんにちフランスのいくつもの公共図書館に収まっている。ノディエに『文学及び書誌学的考察、故クローゼ書店所蔵書一覧』（一八四一年）がある。

(28) ドローム Jacques Antoine Derome（一六九六―一七六〇）、Nicolas Denis Derome（一七三一―一七八八）　父子二代にわたる製本師。息子のニコラのほうが傑出しており、〈レース風〉、また〈小鳥風〉の名称で知られる、レース模様の飾りの中に小鳥をあしらった独自のスタイルを創造した。

(29) ソホー・スクェア、フリート・ストリート　ロンドン市街の地名で、古書店が多い。

(30)『アエネーイス』IX 641からの引用。

(31) 芸術橋《ポン・デ・ザール》 セーヌ河を跨いで、旧ルーヴル宮とフランス学士院とのあいだを結ぶ歩行者専用の鉄橋。一八〇二―〇四年の建設当時、ルーヴル宮は芸術宮《パレ・デ・ザール》と呼ばれており、そこからこの名がついた。セーヌの土手沿いに続く年古りた立派な石造りの手摺とおよそ不似合な、この新しく造られた安っぽい鉄橋は、河岸の古本屋を漁る愛書家たちの目に俗悪の象徴と映じたにちがいない。

(32) 豚皮(革) 製本用としては、大部な書物に向く。独特の粒状《シボ》と毛孔をもつことで珍重される。代表的豚革装幀はKelmscott Chaucer。(八木『書物語辞典』)

(33) 留金 掛金、こはぜ、書物の前小口の上下表紙を帯状に留め合す装置。主として金属と革の組合せで作る。(八木『書物語辞典』)

(34) ゴシック字体本 ゴシック体活字で刷られた小冊子で、中世の宗教劇の類《たぐい》が多い。ボンフォンJehan Bonfons の奥付のある書物は、一五四七年から六八年の間に刊行されている。マレシャルJehan Mareschal は一五一七年から二五年にかけてパリで活動。ジャン・ド・シャネー Jehan de Chaney も十六世紀の印刷業者。

(35) テシュネル ここで語られている、テシュネル(「稀覯本余話」註(8)参照)が一八二九年から三一年にかけて刊行した全十六巻の復刻本シリーズの表題は、Facéties, raretés et curiosités littéraires, tirées à 76 exemplaires et publiées par les soins de trois bibliophiles.

(36) タスチュ Joseph Tastu(†一八四九) パリの書籍印刷業者。後にサント＝ジュヌヴィエール図書館長となった。

(37) シルヴェストル競売所　一七八九年設立、主として書籍の競売を扱った。ノディエが生前二度(一八二七年と一八三〇年)蔵書を売り払ったのもこの場所においてである。ノディエ文庫の三回目の売立ては、その死後一八四四年に行なわれ、所有者が購入に二万五千フランしか費さなかった蒐集書にたいして、七万フランの売上げ金をもたらした。ノディエの古書鑑識眼の確かさを証するものといえる。エスラン大公(註(43)参照)、エーメ・マルタン(註(45)参照)などの蔵書売立てもこのシルヴェストル競売所で行なわれた。

(38) プトレマイオス王朝の図書館　アレクサンドリア図書館のこと。(「稀覯本余話」註(9)参照)

(39) トゥールル Guillaume François Antoine Thouret (一七八二—一八三二)　正確にはトゥーレ。シャルル・ノディエの愛書家仲間の一人。一八三二年のコレラ禍(註(15)参照)で斃れた。ノディエに間違ってトゥーレ Thouret をトゥール Thour と綴っている。

(40) ド・トゥー Jacques Auguste de Thou (一五五三—一六一七)　有名な政治家で歴史家。パリ市議会議長。書物蒐集家としても知られ、その蔵書は一流製本師によって装幀されたため、後世コレクターの垂涎の的となっている。

(41) グロリエ Jean Grolier, Vicomte d'Aguisy (一四七九—一五六五)　フランソワ一世時代のイタリア駐在財務官。個人蔵書の蒐集に莫大な財を注ぎ込み、お抱え製本師に贅美をつくした製本を施させた。美術的にも技術的にもグロリエ旧蔵本を越える装本はその後現われていない。

(42) リチャード・ヒーバー Richard Heber (一七七三―一八三三)「その文庫と酒蔵は世界に並ぶもののなき、豪奢を極めたヒーバー」――と親友ウォルター・スコット卿の筆で描かれたイギリスの蒐書王。その蔵書は、ロンドン、ホドネット、オックスフォード、パリ、ブリュッセル、アントワープ、ガンの八個所の屋敷に充満し、凡そ十二万冊と査定されている。しかし遺書に処分方法を記さなかったため、そのコレクションは競売に付されたが、売立ては何回にも分かれ、延べ二百日間を要した。『競売目録』(十二巻、ロンドン、一八三四―三六年)が刊行されている。

(43) エスラン大公 François Victor Masséna, Prince d'Essling (†一八四七) ナポレオン麾下の有名な将軍リヴォワ公アンドレ・マセナの息子。傑出した書物蒐集家で、シルヴェストルとテシュネルの共編でその蔵書目録が刊行されている。一八四八年に行なわれたその売立てには有名な愛書家連が押しかけ、騎士道物語、インキュナビュラ、手写本などの稀品をめぐって争奪戦を演じた。

(44) ド・ソレーヌ M. de Soleine (†一八四二) 愛書家。演劇関係図書の蒐集で知られ、ポール・ラクロワ(愛書家ジャコブ)によって蔵書目録が編まれている。『ソレーヌ氏旧蔵演劇関係図書』(十二巻、パリ、テシュネル刊、一八四三―四五年)。

(45) エーメ・マルタン Aimé Martin (一七八二―一八四七) サント＝ジュヌヴィエール図書館長。書物蒐集家として知られ、またフランス古典文学およびギリシア・ローマ文学のすぐれた校註版を刊行したことでも有名。

(46) 雄弁な代言者 劇作家ピクセレクール René Charles Guilbert de Pixérécourt (一七七三―一八四

四）を指す。その戯曲は大衆向け芝居小屋で絶大な人気を博した。ピクセレクールのことをノディエは常々〈わが親愛なるシェークスピア〉、またふざけて〈わが親愛なシェクスピレクール〉と呼び、当り狂言『森の子、ヴィクトール』の上演後は、〈大衆劇のコルネイユ〉という称号を呈上した。ピクセレクールは一面、熱狂的な愛書家で、「フランス愛書家協会」の創立者の一人である。ノディエ、ポール・ラクロワ共編の蔵書目録が、クローゼ書店から一八三八年に刊行されている。

（47） エルゼヴィル尺 elzévirriomètre 象牙製の物差しで、片面はセンチとミリ、もう片面はインチとラインの目盛りが刻まれている。全長二十センチ。当時の愛書家向け雑誌に六フランの売値で広告されている。

（48） 一六七六年版ヴェルギリウス Nicholas Heinsius が校訂したエルゼヴィル版。ブリュネによれば、この版は美しさの点では一六三六年版に劣るが、テキストの正確さで以前のものより優れている。もっとも改訂の余地がないわけではなく、「愛書家消息《ビュルタン・デュ・ビブリオフィル》」一八四七年号、三二頁に、ジュール・シニュがこの一六七六年版の十個所にのぼる誤植を表にして掲げている。

ドローム製本の赤モロッコ革装、縦幅一四四ミリの一六七六年版が一八六三年に一一五フランで売られているほか、一七〇ミリから一七五ミリの間の大形版が四部市場に出回ったことがブリュネによって記録されている。それ以外にも一八〇ミリから一八四ミリの間の超大形版五部の売立てが記録に残されている。

「愛書家消息《ビュルタン・デュ・ビブリオフィル》」一八四五年号、七二頁には、一八三〇年十二月二十五日付けの、書籍商メルランに宛てたノディエの手紙が掲載されている。その中で彼は、余白《マージン》の広いことを確かめたうえで、「カタログ番号一〇一一、大形判、一六七六年版ヴェルギリウス」を入札購入してくれるよう依頼し、〈長年憧れてきた、死ぬまでにはなんとか自分のものにしたい書物〉と書き添えている。三ヵ月の支払い猶予をもらえるなら、三〇〇フランまではずんでよいとまで言っているにもかかわらず、この垂涎の書をノディエは獲得することができなかった。さらに高値で落札されたものと思われる。この憧れの書物をノディエはついに終生手に入れることができなかった、しかしこれ以外の版で書棚を穢すことを肯ぜず、ために彼の蔵書がヴェルギリウスを欠いていたことは有名な語り草となっている。

元版と同じ題扉を使った、アンカット本の復刻版が一七二六年につくられている。この偽版を見分けるいちばん簡便な手がかりは、ノンブルの誤りで、二十四頁が三十二頁になっているという。

(49) 大形版　流布本とは別に大形紙を使って余白を広くとった少部数限定の別版をいう。献呈用や、予約者用につくられ、売価も高いのが普通である。用紙も上等のものが用いられることが多く、十八世紀には、上質（fin）紙本、王室（royal）紙本、帝室（impérial）紙本などと呼び慣らわした。

(50) ド・コット Louis de Cotte（一七四〇―一八一五）気象学者、パンテオン図書館副館長。ここで語られている競売は一八〇四年に行なわれた。

(51) ネルリ版の『ホメロス』*Homeri Opera, Graece*, Florentiae, semptibus Bern. et Nerii Nerliorum, 1488. 2 vols., folio.　アテナイの学者デメトリウス・カルコンディラスのすぐれた原稿から編纂さ

れ、ネルリ兄弟によって印行された、ホメロス作品集の最初の版。序文中にはヘロドトスおよびプルタルコスによるホメロスの伝記が含まれている。ド・コット所蔵本は余白《マージン》を完全に残しており、三千六百一フランで売られた。そのときの買い手はカイヤール氏で、彼の死後「王室図書館」に入り、フランス軍がヴェネチアのサン・マルコ図書館へ返却したヴェラム本のあとを埋めた。

(52) 例の『論考』『世界、その起源と古さ』*Le Monde, son origine et son antiquité. Londres* [Paris, Briasson] 1751を指す。国会によって焚書の指令が出されている。『匿名・偽名著作事典』の著者、バルビエの説では、序文はJ・B・ル・マスクリエ師の手になり、第一部は歴史家のジャン・フレデリック・ベルナール、第二部はJ・B・ド・ミラボーの執筆になる。ノディエはこれにたいしてここで異説をとなえているわけである。因みに、一八三〇年シルヴェストル競売所で売られたノディエ旧蔵の手沢本には、フランスの政治家ジャン・ドニ・ランジュイネの書込み註があり、本書はクロード・ド・ジェブラン（一七二五―一八四）が書いたものであると述べている。しかし、この点はバルビエの説が正しいようであり、本書の刊行当時、ル・マスクリエの手元に同主題を扱った原稿があったことが知られている。

(53) ミラボー Jean Baptiste de Mirabaud（一六七五―一七六〇） 文学者、フランス学士院会員。宗教、哲学、歴史にかんする一連の著作がある。ノディエは間違って Mirabeau と綴っている。

(54) Sub judice lis est ホラティウス『詩学』七八章からの引用。

(55) ル・マスクリエ師 Jean Baptiste Le Mascrier（一六九七―一七六〇） 著述家。その著作は、広範囲にわたっているが、内容はいたってつまらないものである。一生本屋の払いに追われ、生計のために書きまくった。

(56) セルヴェトゥス Michael Servetus（一五〇九—五三） スペインの医師、神学者。大胆な説をとなえ、異端として火刑に処せられた。最初は一五三一年、つづいて一五三二年に、同主題をめぐる二冊の著述を発表している。

(57) マッカーシー伯爵 Justin MacCarthy-Reagh（一七四四—一八一一） スコットランドの愛書家。フランスに定住。すばらしい蔵書を有し、ドビュールの手でその目録が編まれている。一八一七年トゥールーズにおいて行なわれたその蒐集書売立ては、四十万七千七百四十六フランという巨額の金高を上げた。グロリエ装幀本蒐集に先鞭をつけた愛書家であり、ヴェラム本を主に集めた。

(58) ラ・ヴァリエール公爵 Duc de La Vallière（一七〇八—八〇） 高名な蔵書家。インキュナビュラの蒐集では並ぶ者がなかった。ドビュール編の五冊本蔵書目録が一七六七年から八三年の間に印行されている。その旧蔵書売立ては、一七八四年の一月十二日から始まって五月五日までかかり、約五万冊あまりで、四十六万四千六百七十七フランの売上げをもたらした。古書売立てでは当時までの最高記録である。一七八四年の末に、カタログの第二部が出たが、そこに記載された書物は、「アルスナール図書館」の設立者ポールミー侯爵が一括購入した。

(59) 『トルドス＝イエシュ』 *Toldoth Jeshu* タルムード出典に基く、おそらくゲルマン系ユダヤ起源の、イエス（キリスト）を揶揄した匿名風刺文。洒脱をねらった一つの物語に仕立てられているが、現代の読者にはすこぶる退屈な読物。

（60）ダヴィッド・クレマン David Clément（一六四五―一七二五）『入手困難書籍註解カタログ』（九巻、ゲッチンゲン、一七五〇―六〇年）の著者。この書目はクレマンの死去で刊行が中絶され、AからH（「ヘシオドス」）までで終わっている。従って『トルドス＝イエシュ』についての項目は未刊。

（61）エルゼヴィル版『カエサル』ヴィレムスの書誌（「愛書家煉獄」註（7）参照）に依れば、一六三六年刊『ヴェルギリウス』、刊行年不明『キリストに倣いて』と並んで、エルゼヴィル版三大美書の一つに数えられ、〈愛書家の書棚の最も羨望に価する宝石〉とされている。

（62）一五二七年版ボッカチオ Firenze, per li heredi di Philippo di Giunta, 1527. の刊記がある。当時までに刊行された最良の版で、愛書家に高く評価されてきた。そのためかなりな部数が今日まで保存されている。一七二九年に原本どおりの刊行年月を記した復刻本がヴェネチアでつくられている。この版本はaの文字のかたちが丸味を帯びているだけでなく、活字の新しさ、ノンブル記号のいくつかの間違い、そして寸法の短い版型を使っていることなどから元版と識別することができる。

（63）ヴェラム Vellum 製本材料、写本用材料。羊・山羊・犢の皮より鞣製する。紀元前二世紀ごろから書写材料として使用している。特殊の処理をした紙様のものを parchment（羊皮紙）という。（八木『書物語辞典』）

（64）デュスイユ Augustin Duseuil（Du Seuil）（一六七三―一七四六）ルイ十五世の宮廷御用達製本

師。いわゆるデュスイユ様式は独創的なものではなく、それより約一世紀前の、おそらくル・ガスコン様式の流れを汲むものと見られる。

(65) パドルー Antoine Michel Padeloup (一六八五―一七五八) 十二人の代表者を有する、名高い製本師一家の一人。デュスイユと並んで、ルイ十五世の宮廷御用達製本師を務めた。その他にも著名な愛書家たちの仕事を引き受け、贔屓客のなかにはポンパドール夫人もまじっている。

(66) トゥーヴナン Joseph Thouvenin (一七九〇―一八三四) ノディエが贔屓にした製本師。古典的製本術の模倣に巧みで、カテドラル風装幀を得意とした。トゥーヴナンを評してノディエは、古《いにしえ》の名匠を模し、〈彼らを真似ることによって凌駕した〉と言っている。

(67) フランクリンの墓碑銘　二種類の碑文が残されているが、一般に知られているのは、

THE BODY
OF
BENJAMIN FRANKLIN
PRINTER
(LIKE THE COVER OF AN OLD BOOK
ITS CONTENTS TORN OUT
AND STRIPT OF ITS LETTERING AND GILDING)

LIES HERE, FOOD FOR WORMS
BUT THE WORK SHALL NOT BE LOST
FOR IT WILL (AS HE BELIEVED) APPEAR ONCE MORE
IN A NEW AND MORE ELEGANT EDITION
REVISED AND CORRECTED
BY
THE AUTHOR

愛書家地獄

（1）ピエール・デュポン Pierre Dupont（一八二一—七〇）歌謡作家。代表作は『農夫、田園歌』『職工の歌』など。

（2）フォン・ホイム伯爵 Karl Heinrich, Reichsgraf von Hoym（一六九四—一七三六）ポーランド国王アウグスト二世のフランス特派大使。〈ポーランドのグロリエ〉の仇名で知られる愛書家。ガブリエル・マルタンが作成したその蔵書目録（一七三八年、パリ刊）は、著者索引つきで、種目別に四七八五点を記載している。

（3）エーメ・マルタン　「ビブリオマニア」註（45）参照。

（4）パリゾン Jean Pierre Agnès Parison　生歿年不詳。愛書家。一八五六年にその蔵書の競売カタログが刊行されている。

（5）エチエンヌ・ドレ Étienne Dolet（一五〇九—四六）　古典研究家、出版業者。異端者としてパリで焚刑に処せられた。

（6）クレマン・マロ Clément Marot（一四九六頃—一五四四）詩人。十六世紀を代表する宮廷詩人。

（7）バルブー Barbou　著名な出版業者。初代ジャン・バルブーは一五三九年にリヨンで創業。『クレマン・マロ作品集』をすぐれた造本で刊行した。

（8）エルゼヴィル版　「稀覯本余話」参照。

（9）ロスチャイルド家 Rothschild　イギリスのユダヤ系大資本家。ヨーロッパ金融界の大立者。一門のうちで愛書家として最も知られているのはジェームズ・エドワード・バロン・ド・ロスチャイルド（一八四四—八一）で、その蔵書目録はエミール・ピコによって編纂され、全五冊で出版されている。

（10）ソラール Félix Solar（一八一五—七〇）　資本家。当時の有力新聞「ラ・プレス」紙の社主。晩年競売に付したその蔵書は多数の奇書珍籍を含み、五〇万フランという高額の売上げをもたらした。
(11) エピクテトス（紀元一—二世紀）ローマのストア派哲学者。その『講義提要』が今日に伝えられている。
(12) ロマンティシズムの信奉者A＊＊ おそらく作者アスリノー自身のことであろう。
(13) ペトリュス・ボレル Pétrus Borel（一八〇九—五九）詩人、小説家。〈狼狂人〉の異名で知られる異端作家。小浪漫派《プチ・ロマンチツク》の一人。
(14) セレスタン・ナントゥーユ Célestin Leboeuf Nanteuil（一八一三—七三）画家。アングルの弟子。ユゴー、ミュッセ、ゴーティエ等の著書に版画の挿絵を添えた。
(15) ルクレチウス（紀元前九九—前五五）ローマの哲学詩人。主著『自然について』の中で享楽主義的人生観を謳った。
(16) スエーデンボルグ Emanuel Swedenborg（一六八八—一七七二）スウェーデンの哲学者、神秘主義者。主著『天界と地獄』『神智と神愛』その他。「霊界のドイツ人たち」は『神学新説』のなかの一節。
(17) ボードリー版 ボードリー書房 Beaudry は十九世紀後半の出版社。小説の廉価本などを数多く出版した。
(18) ゴドー Antoine Godeau（一六〇五—七二）聖職者。グラースならびにヴァンスで司教を務めた。
(19) カプフィグ Baptiste Honoré Raymond Capefigue（一八〇一—七二）歴史家。厖大な歴史書シリーズを著わしたが、その中で僅かに『フィリップ＝オーギュスト時代史』だけがこんにち資料的価値を認められている。

(20) エグナン Etienne Aignan（一七七三―一八二四）文学者。政治的策略を用いてフランス学士院会員の地位を獲得したことで有名。

(21) レオン・ティエセ Léon Thiessé（一七九三―一八五四）政治家、文学者。ロマン派の論敵。

(22) パイヨ・ド・モンタベール Paillot de Montabert（一七七一―一八四九）画家。芸術の歴史と理論に関する大部の著書を残している。

(23) 揺籃期本《インキュナビユラ》 incunabula ドイツのグーテンベルクによる西洋の活字印刷術の発明（一四五〇年頃）以後一五〇〇年までの、いわゆる印刷術の揺籃期（ラテン語 incunabula は揺籃の意）にヨーロッパで行なわれた活版印刷、さらにそれによってつくられた図書をいう。また初期整版本をも含めて同期印刷本を総称することもある。総数は約四万種ほどあるが、その書誌の全般的なものはまだ完成されていない。内容は聖書をはじめキリスト教に関するもの、ギリシア・ローマの古典から、近代初期の作家によるものなど、科学、医術その他多様にわたるが、総じて中世から伝承され、また新しく興りつつあったルネッサンス知識にも関している。書誌学的には写本時代から現代印刷への過渡期の初期を代表する文字、活字、印刷、書形、図書構造など多くの図書史上重要な問題を提起する。現在も欧米の古書マーケットでは高価で売買され、わが国で所蔵されているものも数十本を数える。（布川角左衛門他編『出版事典』）

(24) アルセーヌ・ウーセイ Arsène Houssaye（一八一五—九六） 小説、批評、歴史など、多彩な分野の活躍で名をあげたジャーナリスト。「国立劇場」の支配人も務めた。

(25) シルヴェストルの店 「ビブリオマニア」註（37）参照。

(26) デルベルグ＝コルモン Delbergue-Cormont 未詳。当時の著名俳優か？

(27) ポティエ Charles Potier（一八〇六—七〇） 舞台俳優、兼劇作家。

(28) テシュネル 「稀覯本余話」註（8）参照。以下列挙されているのは、いずれも当時実在した古書店主の名前。

(29) ディドー Didot 出版業者、印刷業者の一族。十八世紀初頭パリで創業。〈ディドー・アンティク体〉活字の創始でも知られる。

(30) 洗い清め、礬水《どうさ》を引いた職人 欧米、とりわけフランスでは古書を再製本する場合に、汚れの激しい頁、或いは全体を、塩素を加えた温水などにより化学的に洗い清める作業がごく一般的に行なわれている。また、この作業の後では、紙の表面の礬水も汚れと共に落とされてしまうので、必ず新たな礬水引きが同時に行なわれる。

(31) シャラブル侯爵 Marquis de Chalabre 未詳。マルス嬢は十九世紀初頭の有名な舞台女優。

(32) レチフ・ド・ラ・ブルトンヌ Restif de la Bretonne（一七三四—一八〇六） 小説家。写実的・好色的な風俗描写によって、サド侯爵、ラクロと並んで、十八世紀フランス文学〈破廉恥三人組〉を構成する。ビネの銅版画で飾られたその初版本は、愛書家の間で珍重され、高値を呼んでいる。短篇集『当世女』はその代表作の一つ。
(33) 芸術橋《ポン・デ・ザール》「ビブリオマニア」註(31)参照。

愛書家煉獄

(1) 黒体活字《ブラック・レター》 Black letter 印刷術発明の当初に使用されたゴシック(黒)体活字。「愛書狂」註(3)参照。
(2) G・スティーヴンズ George Steevens(一七三六―一八〇〇) イギリスのシェークスピア学者。偏狭で人との和を欠く性質であったが、「四つ折本」の研究によって後世シェークスピア学への貢献は偉大である。
(3) ディブディン Thomas Frognall Dibdin(一七七六―一八四七) イギリスの書誌学者。その編纂になる再刻本、書誌類は愛書家のあいだで珍重されるが、正確さを欠き信頼できないことが多い。主著『ギリシア・ローマ古典稀覯本手引き』(一八〇二年)、『ビブリオマニア』(一八〇九年)等。

(4) 魔人侍童《ゴブリン・ページ》 Goblin Page　サー・ウォルター・スコットの物語詩『最後の吟遊詩人の歌』(一八〇五年)に登場する。
(5) 地獄堕ちの大罪　カトリック教で定められた七つの大罪。すなわち、傲慢、淫欲、嫉妬、激怒、吝嗇、暴食、怠慢。
(6) エルゼヴィル版　「稀覯本余話」参照。
(7) 「ヴィレムス」Willems　ヴィレムス著『エルゼヴィル版』(ブリュッセル＆パリ、一八八〇年)を指す。エルゼヴィル版蒐集家必携の手引き書。
(8) 悪い版　エルゼヴィル版『カエサル』(一六三五年)を指す。「ビブリオマニア」註(61)参照。
(9) 『オラウス・マグヌス』*Olaus Magnus*　未詳。ノルウェー肇国の英雄オラフ大王の事蹟を讃えた叙事詩か?
(10) ジョン・マナーズ卿 Lord John Manners(一八一八―一九〇六)　イギリスの保守党政治家。
(11) ラスキン John Ruskin(一八一九―一九〇〇)　イギリスの著名な文学者。美術批評、社会運動に大きな足跡を残した。
(12) スミス Smith　未詳。
(13) ブラウン Brown　未詳。
(14) ジョン・ブライト John Bright(一八一一―八九)　イギリスの保守政治家。雄弁をもって知られ、コブデンと共に反穀物法運動を推進した。グラッドストーン内閣の商務院総裁。

(15) ヘンリー・ラブシェール Henry Labouchere (一八三一—一九一二) イギリスのジャーナリスト、政治家。ワイルドの男色行為に適応された名高い法律 Criminal Law Amendment Act of 1885 は彼の運動により制定されたものである。

(16) 『アイザックス氏』*Mr. Isaacs* アメリカの作家マリオン・クロフォード Marion Crawford の長篇小説(一八八二年)。

(17) 『ザノニ』*Zanoni* イギリスの小説家ブルワー=リットン Bulwer-Lytton (一八〇三—七三) の降霊魔術を扱った小説。『奇譚』も同様。『コドリングズバイ』はサッカレーの小説。

(18) ホーム Daniel Dunglas Home (一八三三—八六) スコットランド生まれの霊媒者。名士の間に多数の信者を持っていた。

(19) アーヴィング・ビショップ Irving Bishop 十九世紀末から二十世紀初頭にかけて名を知られたイギリスの読心術師。

(20) アウエルバッハ Berthold Auerbach (一八一二—八二) ドイツのユダヤ系作家。その通俗的田園小説が時好に投じて愛読された。

(21) グラティニー Albert Glatigny (一八三九—七三) フランスの詩人。植字工、次いで旅廻りの役者として惨めな放浪生活を送った。生前ほとんど認められなかったが、こんにち少数の識者のあいだで高く評価されている。「フランスの愛書家たち」参照。

(22) アリソン Sir Archibald Alison (一七九二—一八六七) イギリスの歴史家。『ヨーロッパ史』はその主著。

(23) シュリーマン Heinrich Schliemann (一八二二―九〇) ドイツの考古学者。トロイア遺跡の発掘で有名。『イリオス』は一八八一年刊行。

(24) フリスウェル Hain Friswell 未詳。

(25) グラッドストーン William Ewart Gladstone (一八〇九―九八) イギリス自由党の大政治家。ホメロス研究家としても知られる。

(26) 『紳士的生涯』 *Gentle Life* 前出グラッドストーン伝の副題であろう。

(27) マイオリ Thomas Maioli 蔵書に美しい装幀を施させ、フランスにおける製本技術の発達に貢献した。グロリエ(後出)と並ぶ有名な愛書家。

(28) グロリエ 「ビブリオマニア」註(41)参照。

(29) ド・トゥー 「ビブリオマニア」註(40)参照。

(30) ドローム 「ビブリオマニア」註(28)参照。

(31) クロヴィス・エーヴ Clovis Eve フランスが産んだ名製本師の一人。アンリ四世の王妃マルグリット・ド・ヴァロアの蔵書は彼の装幀になるといわれている。

(32) ロジャー・ペイン Roger Payne 十八世紀イギリスの製本師。英国の製本技術を芸術の域にまで高め、〈製本界のエドガー・アラン・ポー〉と称される。

(33) トローツ Trautz ボーゾネ Bauzonnet 十九世紀フランスの有名な製本師。共同で仕事をした。

「ビブリオマニア」註(11)参照。

(34)ウィーダ Ouida　本名 Marie Louise de la Ramée(一八三九—一九〇八)　イギリスの女流小説家。児童文学の傑作『フランダースの犬』で広く知られる。『ストラスモア』『チャンドス』『二国旗の下に』『二つの小さな木靴』は、いずれもウィーダの長篇小説。

(35)オランドルフ Ollendorff　十九世紀末から二十世紀初頭にかけて華やかな出版活動を続けたフランスの書店。自然主義作家の廉価本小説の版元として知られる。

(36)ベックフォード William Beckford(一七五九—一八四四)　ゴシック小説の代表的傑作『ヴァテック』の作者。巨万の富にあかして奇書珍籍を蒐集したことでも有名。

(37)サザビー Samuel Leigh Sotheby(一八〇五—六一)　イギリスの古物、古書競売人。初期印刷術に関する著作、その他『木版本』(一八五八年)、ミルトンの筆跡研究などを残した。

(38)カネヴァリ Demetorio Canevari(一五五九—一六二五)　イタリアの医者。法王ウルバヌス七世の侍医。愛書家としても知られる。

(39)『勇敢なる騎士、白きティランテ』*Tirante il Bianco Valorosissimo Cavaliere*　作者未詳。

(40)アルドゥス版「ビブリオマニア」註(12)参照。

(41)リチャード・バーンフィールド Richard Barnfield(一五七四—一六二七)　イギリスの詩人。『やさしい羊飼い』は一五九四年の出版。

(42)『ドイツの作業場からの木屑』　ドイツ生まれのイギリスに帰化した東洋学者マックス・ミュラー

Max Müller（一八二三—一九〇〇）が『東方聖典双書』の編纂完成後に発表した研究余録。全五巻（一八六七—七五年）。

（43）『トム・ブラウンの学生時代』　トマス・ヒューズ Thomas Hughes（一八二二—九六）の小説（一八五七年）。イギリスのパブリック・スクール生活を描いた学園小説中の代表作。多分に教訓的色彩を持つ。

（44）フックス Hookes　未詳。

（45）『ヒュプンエロトマキア』*Hypnerotomachia*　別名『ポリフィロの夢』。ドミニコ会修道士フランチェスコ・コロンナ Francesco Colonna（一四三三—一五二七）の作品。アルドゥス・マヌチウスが刊行したヴェネチア版（一四九九年）は、見事な挿絵で飾られ、伝本きわめて少なく、蒐集家の垂涎の的になっている。

（46）ロルティック Lortic　十九世紀フランスの著名な製本師。

（47）『アドネイース』*Adonais*　シェリーの詩集。一八二一年、ピサで出版。若き詩人キーツの死を弔った哀歌。ミルトンの「リシダス」、テニソンの「イン・メモリアム」などと並んで牧歌的哀歌の傑作の一つに数えられている。

（48）アンカット本　小口を化粧裁ちしていない本。原形のままであるところから珍重される。

（49）ブラッドショー「鉄道案内書」Bradshaw's Railway Guide を指す。ジョージ・ブラッドショー（一八〇一—五三）が一八三九年から始めた旅行案内。

(50)『日曜家庭』*Sunday at Home*　未詳。
(51) クローダン Claudin　十九世紀末フランスの有名な古書籍商。
(52) ランスロット Lancelot　アーサー王麾下の「円卓騎士」中第一の勇者。王妃ギニヴィアと道ならぬ恋に陥る。
(53) プティック Puttick　未詳。恐らく当時の著名な書籍商。
(54) 予言者ニクラウス Niklaus von Flüe　スイスの聖者、神秘家。メルヒタールのランフト峡谷に隠修士としての生涯を送った。霊能を有し、しばしば政治的予言を行ない、シュタンスの全州会議に影響を与え、分裂した連邦の統一に貢献した。
(55) エーザン Charles Eisen（一七二〇―七八）　フランスの画家。ラ・フォンテーヌ、ボワロー、ヴォルテールなどの作品の挿絵で有名。
(56) コシャン Charles Nicolas Cochin（一七一五―九〇）　フランスの銅版画家、美術批評家。その父もまた銅版画家。『百科全書』や、タッソー、アリオスト、ボワローの刊本に挿絵や装飾文字を描いた。
(57)『アエネーイス』*Æneid*　ローマの詩人ヴェルギリウスの名高い叙事詩。

あとがき

世にビブリオマニア（愛書狂）という名称で呼ばれる不治の奇病に取り憑かれた人々がいる。英国の文人ホルブルック・ジャクソンは上下二巻、千ページに垂《なんな》んとする大著『ビブリオマニアの解剖』（一九三〇年）を著わして、その病症を悉《つぶさ》に検討した。だが奇妙なことに、治療方法については、確実な手だてはけっきょくなにひとつ提示していない。ひとたび愛書家になれば、永久に愛書病患者としてとどまる以外にないというわけだ。

ジャクソンの先達ロバート・バートンは、『憂鬱の解剖』の中で、恋愛病治療のための処方箋の数々を余すところなく並べ立てた。恋の病にはさまざまな治療法が考えられる。肉体の衰えという自然治癒への期待すら。それにひきかえ、書物狂の疾患には、誰もが口を揃えて言うように、快癒の見込みが完全に絶たれている。年齢もまたかかわり合いない。

古今東西を通じて恋愛が小説の中心的主題であるとすれば、さらに狂的な情熱〈本気ちがい〉が作家たちの関心を引かぬ理屈はない。しかるに、案に相違して、ビブリオマニアを主人公に取り上げた作品の数たるや、それほども多くはない。小説の歴史全体を通じて見ても、せいぜい十指に満つるか満たない程度であろう。その理由たるやいとも簡単。世の諺にも麻疹《はしか》にたとえられる如く、恋愛はごくありふれた、万人のあいだに行き渡った病であるのに反して、〈愛書病〉のほうはよほど悪い星の下に生まれ合わせた不運者だけが背負わされる業病のたぐい、一般読者にとってはとんと実感の湧かない例外的現象であるところに、もっぱらその原因は求められよう。だが同病の士にとっては、逆に、これほど身近かで切実な話柄もない。

ユージン・フィールドの『愛書狂の恋』（一八九六年）、クリストファー・モーリーの『車上のパルナサス』（一九一七年）、『幽霊古本屋』（一九一九年）、ピエール・ヴェリイの『古書道楽』（一九四六年）など、〈愛書小説〉の代表作が、文学史にほとんど名前すら記されないにもかかわらず、ビブリオマニアのあいだで聖遺物のごとく護り継がれ、愛読者を絶やさないのも故なしとしない。不治の〈本気ちがい〉だけを読者対象に、少部数限定の高価本のかたちで版を重ねるのが、その祖先シャルル・ノディエ、シャルル・アスリノー以来、〈愛書小説〉が担いつづけてきた宿命のようである。

ここに、古本道楽の黄金時代、十九世紀フランスの名だたる書物狂いが遺した〈愛書小説〉の名篇を拾い集め、ささやかな一本を編み、この高貴な業病に斃れた不幸なる少数者の鎮魂に捧げたい。併せてわれら同病相憐れむ仲間の慰藉の具ともならば幸いである。

本書が成るにあたっては、恩地源三郎氏の尽力に負うところが大きい。事実上は同氏との共編であることをここに明記し、深い感謝の意を表したい。

訳註、及び解説の作成にあたっては、アメリカ書誌学界の泰斗 Theodore W. Koch 博士の業績から多大の教示を授かった。海彼の碩学の学恩にたいして文字どおり三拝九拝したい気持である。

昭和五十五年晩春　洛北遅日菴舎にて

生田耕作

解説——〈愛書狂〉生田耕作

恩地源三郎

本書『愛書狂』が初めて刊行されたのは昭和五十五年の暮れ、すでに三十年以上まえのことになる。野中ユリ氏装幀の瀟洒なフランス装・函入り。普及本と並行して、総革装・天金・二重函入り特装本限定二百五十部が制作されている（白水社刊）。

本書の表題であり、収録された各作品のモチーフでもある〈ビブリオマニア（愛書狂）という名称で呼ばれる不治の奇病〉そのものについては、編訳者である生田耕作のあとがきにすでに詳しい。「書痴」とも訳されるこの病は、同じ「狂的なまでの情熱」が症状であるにせよ、麻疹にたとえられる恋愛とは異なりほぼ治癒の見込みの絶たれた業病の類。かつてこの病の研究に取り組んだ英国の文人ホルブルック・ジャクソンの大著『ビブリオマニアの解剖』（一九三〇年刊）千ページを繙いても、そこに示されているのは数多の病症ばかりで、治癒への確かな道程はなにひとつ示されない。恋愛のように肉体の衰えによる自然治癒の見込みもなく「ひとたび愛書家になれば、永久に愛書病患者としてとどまる以外にない」というわけだ。

本書刊行から四半世紀を経て、現在もなおその治療法は見つかっていないようだ。今も古書街に足を運べば、国こそ違え本書に描かれているような風体風采目つき顔つきの御仁が徘徊し、本書巻頭のフローベールの言葉を借りるならば「まるで守銭奴がその財宝を、父親がその愛娘を、王様がその王冠を慈しむみたいに」本を手にし、目を輝かせている姿が店頭に見かけられる。業病のいまだ根絶されざるを知るわけだが、その一方で、本書刊行当時に比べると昨今は、電子書籍の登場など、感染源である「書物」そのものの在りようの変化によるものか、この病の伝染力が急速に衰えつつあるように感じるのは独りわたしだけだろうか。

本書のようなアンソロジーが企画されたことじたいが物語るように、昭和五十年代の前後は、ビブリオマニアという病が我が国でかつて例を見ないほどの流行をみた時代だったように思える。当時は、澁澤龍彦氏をはじめ生田耕作も加えた〈文学の目利き〉たちによる、「忘れられた作家たち」「文学史から除け者にされた異端の作家たち」の発掘紹介が盛んに進められた時代だった。その歩みと並行するように、少数ではあるが熱烈な読者を対象に、高額ではあるが意匠、素材、製本に粋を凝らした少部数限定という形態での出版が可能となり、またそれらの書物を感染源として多くのビブリオマニアが生まれていた。大手出版社は普及本と同時に「豪華特装」を謳った限定本を企画、また湯川書房に代表されるようなすぐれた美意識を備えた小出版社が、今もコレクションの対象となるような魅力的な書物の数々を世に送り出した時代。欧米にたとえれば、十九世紀末から二十世紀の前半。ウィリアム・モリスの「ケルムスコット・プレス」、コブデン・サンダスンの「ダブズ・プレス」などによる〈美しい書物〉〈理想の書物〉の追求をきっかけとして数多のプライベート・プレス（私家版印刷所）が誕生し、一九二〇年代にかけてその全盛期を迎える。時はあたかもアールヌーボーからアールデコにかけての挿絵の黄金時代、さらにはダダイスム、シュルレアリスムが発見した画家たちをも加え、美術品ともいうべき数多の美本、豪華本、限定本の数々が出版され、ビブリオマニアという病が猖獗を極めた。愛書家地獄ならぬ愛書家天国の時代である。

本書の編訳者である生田耕作自身、セリーヌ、ブルトン、バタイユ、マンディアルグなどの翻訳者、あるいは歯に衣を着せぬ激越な論調の評論家として知られる一方、類まれな愛書家としての貌《かお》も知られていた。『愛書狂』刊行の二年後には、本書収録「愛書家煉獄」の著者アンドルー・ラングによる愛書随筆の古典『書斎』を訳出しているが、松岡正剛氏はその書物随筆『千夜千冊』の一冊としてこの『書斎』をとりあげ、次のように述べている。

「本書は、在りし日の生田耕作さんが『愛書狂』につづいて翻訳した。その生田さんがラングにとりくんだのだから、これはもう病気である。（中略）こういう偏執的な書物を紹介するのに生田耕作さんほどふさわしい人はいなかった。本書も、前著の『愛書狂』も、その一字一句に鉛の活字を一個ずつ磨いて持ってきたような彫琢がある」。

松岡氏は同じ随筆の冒頭でビブリオマニアについて、「愛書家はビブリオマニアという。これは愛書狂と訳されることが多いけれど、たとえば「書痴」とか「書得派」とか「書盗者たち」といったほうがふさわしい」とも述べている。本書を繙けば納得できるところではあるが、はたしてこの訳語に照らして生田耕作をビブリオマニアと呼べるのかどうか……。

『愛書狂』『書斎』の編集翻訳を手伝った経緯もあり、生田耕作と書物にまつわる思い出は多いが、彼にフローベールやノディエ、アスリノー描くところの人物たちとはいささか趣を異にしていた。「古本屋と古物商以外誰とも口を利かず、書物のこと以外頭にない陰気くさい男」でもなければ、初版本を漂白される夢におびえるような人物でもなかった。その印象はあくまでも学者であり、東洋の一文人であった。

もしも生田耕作をもって「愛書狂」と呼べるとすれば、それは「過去に出版された書物を愛した」だけではなく、「自らの手で〈理想の書物〉を造りだそうとした」ことによるのではないだろうか。本書刊行八年前の昭和四十七年、彼は西欧のプライベート・プレスに近い形態での出版を目指し、何人かの協力者とともに小さな出版社を立ち上げる。ジョルジュ・バタイユ著『死者』の出版（生田耕作訳。山本六三オリジナル銅版画装・限定二百五十部）をかわきりに、その生涯に数十点におよぶ書物を世に送り出したが、ウィリアム・モリスやコブデン・サンダスンの衣鉢を継ぎ、商業出版ではなしえない高い水準の装幀や造本に執拗にこだわったその書物群は、個性的な編集ともあいまって今なおコレクターが多い。けだし〈愛書狂〉と呼べる所以であろう。

思い出すのは本書編集のきっかけとなったある春の日のことである。私事にいたるが、京都修学院離宮内の門跡寺「林丘寺」の境内に「雲母庵」と書かれた扁額のかかる築百年をこえる庵が建っている。明治の初頭には滴水禅師、さらには弟子の天田愚庵が寄寓していたところで、大正にはいって二階の一室では速水御舟の代表作『京の舞妓』が描かれている。絵の中の舞妓の背景にある欄干がまだそのまま残っていた。となりは竹藪でその向こうには離宮御用田が拡がり、はるか西に嵐山が見渡せる。こうした庵の佇まいが気に入ったのだろう、当時ここに仮寓していたわたしを、週に一度は散歩がてらの生田耕作が訪ねてきた。離宮御用田の小道を歩いて来る姿を今も思い出す。総髪に着流し雪駄履きの長身痩軀が周りの風景に溶け込んで、時代を一気に江戸時代へと遡らせた。その手にはきまって、道すがら丸太町や京大近くの古書店で手に入れた〈掘出し物〉が携えられているのだが、その春の一日に見せられた収穫は *Tales for Bibliophiles*（愛書狂のための物語集）と題された一冊。本書「あとがき」の最後に謝辞とともに名前が挙げられているアメリカ書誌学会の泰斗 Theodore W. Koch 博士の編訳になるフランス愛書小説の英訳本アンソロジーで、一九二九年にシカゴの The Caxton Club より刊行された限定三百部の美装本だった。本書所収「稀覯本余話」「ビブリオマニア」なども紹介されたこの一冊がきっかけとなり、本書の企画が始まったと記憶している（因みに Koch 博士には続編ともいえる *More Tales for Bibliophiles*, 1945, At The Sign of The Gargoyle, Chicago がある）。余談になるが、このとき依頼された愛書小説の傑作クリストファー・モーリー著『幽霊古本屋』*The Haunted Bookshop* の翻訳が生前に間に合わず未刊のままになっていることを亡き生田耕作にお詫びしたい。

本書を繙かれるほどの読者であれば、我と我が身を振り返り、〈愛書狂〉と呼ばれるこの疾患の何らかの症状に思い当たられる向きも多いのではなかろうか。かくいうわたしもまた身に覚えのある者の一人である。書物をモノとして見れば畢竟「折畳まれ綴じられた紙」にすぎない。それを巡って人々が繰り広げる愚行蛮行の数々。余人にはまさに近寄りたくない病人としか思えまい。

いずれこの病の伝染力も衰え、撲滅宣言が出される日が近いのかもしれない。しかし、それを寿ぐべきなのかどうか……。なぜなら、この病の根絶とともに、非常に大切ななにかがこの世から失われてしまいそうな気がする。かつて〈愛書狂〉生田耕作は、自らの小さな出版社の図書目録の表紙に次のようなオスカー・ワイルドの言葉を掲げていた。

「自由と、花と、書物と、そして月があれば、誰とても完全な幸せに浸らずにはおれようか。（With freedom, books, flowers, and the moon, who could not be happy?）」

「折畳まれ綴じられた紙」にすぎないはずの一冊の書物によって得られる幸福、それは非常に大切ななにかのようにわたしには思えるのだが。

（おんち　げんざぶろぅ／書画肆〈遅日草舎〉主人・翻訳家）

平凡社ライブラリー　811

愛書狂《あいしょきょう》

発行日…………2014年5月9日　初版第1刷

著者……………G. フローベールほか
編訳者…………生田耕作
発行者…………石川順一
発行所…………株式会社平凡社
〒101-0051　東京都千代田区神田神保町3-29
電話　東京(03)3230-6579[編集]
東京(03)3230-6572[営業]
振替　00180-0-29639

印刷・製本 ……中央精版印刷株式会社
DTP …………大連拓思科技有限公司＋平凡社制作
装幀……………中垣信夫

© Fumio Ikuta 2014 Printed in Japan
ISBN978-4-582-76811-4
NDC 分類番号950
B6変型判（16.0cm）　総ページ240

平凡社ホームページ　http://www.heibonsha.co.jp/
落丁・乱丁本のお取り替えは小社読者サービス係まで
直接お送りください（送料、小社負担）。